HÉSIODE ÉDITIONS

MARGUERITE AUDOUX

Valserine et autres nouvelles

Hésiode éditions

© Hésiode éditions.

1 rue Honoré - 93500 Pantin.
ISBN 978-2-493135-33-9
Dépôt légal : Septembre 2022

Impression Books on Demand GmbH

In de Tarpen 42
22848 Norderstedt, Allemagne

Valserine et autres nouvelles

VALSERINE

CHAPITRE I

Depuis que le jour était levé, Valserine restait appuyée à la fenêtre, comme les matins où elle attendait le retour de son père. Elle savait bien qu'il ne viendrait pas ce matin-là ; mais elle ne pouvait s'empêcher de regarder le petit sentier, par où il arrivait en se courbant, quand il apportait ses paquets de marchandises, passées en contre-bande.

Elle avait tant pleuré la veille, et aussi toute la nuit, qu'elle ne pouvait pas retenir les gros sursauts, se terminant par une toute petite plainte, que sa poitrine laissait maintenant échapper. Elle détourna brusquement les yeux du petit sentier, en entendant le pas d'un cheval, sur le rude chemin qui montait de la route à la maison.

Elle se pencha avec inquiétude à la fenêtre, pour mieux écouter, et quand elle se fut bien assurée que le bruit se rapprochait, elle alla pousser le verrou de la porte et revint fermer tout doucement la fenêtre ; puis, elle attendit toute tremblante, derrière la vitre. Peu d'instants après, elle vit apparaître le cheval : il gravissait le chemin en tenant la tête baissée, et sa bride glissait et pendait d'un seul côté. Elle vit aussi que l'homme qui marchait près du cheval était un gendarme.

Il s'avançait en s'appuyant des deux poings sur ses hanches ; et son pas, bien mesuré, était ferme et régulier.

La fillette s'effaça pour ne pas être vue. Elle entendit le cheval s'arrêter devant la porte, et elle devina que le gendarme frappait avec le revers de sa main. Elle ne savait pas si elle devait répondre ; elle avait peur de désobéir, et en même temps elle pensait que le gendarme finirait par s'en aller, en croyant que la maison était vide. Mais le gendarme ne s'en allait pas ;

il essayait d'ouvrir la porte et frappait plus fort, en appelant :

" Eh, petite ! "

Puis la fillette comprit qu'il attachait son cheval à la boucle de fer scellée dans le mur et qu'il s'éloignait. Peu après, elle entendit sa voix s'élever derrière la maison. Il appelait fortement :

" Valserine ! Eh, Valserine ! "

Il revint devant la maison en répétant ses appels. Mais, cette fois, sa voix ne s'enfonçait pas dans le bois ; elle passait au-dessus de la vallée de Mijoux et s'en allait heurter la haute montagne d'en face, qui la renvoyait en plusieurs voix assourdies, comme si elle la cassait et en envoyait les morceaux à la recherche de la petite fille.

Le gendarme se lassa d'appeler. Il secoua encore une fois la porte et vint coller son visage contre la vitre, en essayant de voir dans l'intérieur de la maison.

Valserine s'approcha aussitôt.

Elle venait de reconnaître un gendarme du village de Septmoncel, celui qui avait une petite fille si jolie, avec laquelle elle avait joué quelquefois.

Le gendarme parut tout joyeux en l'apercevant ; il lui fit un signe d'encouragement en disant :

" Allons, petite 'niauque,' ouvre la porte, je ne te veux point de mal, moi. "

Valserine ouvrit la porte, toute honteuse de s'être laissée appeler si longtemps.

Le gendarme prit une chaise pour s'asseoir et dit à la petite fille, qui se tenait debout devant lui :

" Voilà que ton père s'est fait prendre, et les douaniers disent que tu l'aidais à passer sa contrebande. "

La fillette regarda le gendarme bien en face, et elle répondit :

" Non. "

" Pourtant, " reprit-il, " tu faisais le guet, hier, quand les douaniers l'ont pris ? "

Valserine baissa la tête.

" Et c'est parce qu'il t'a entendue crier que le pied lui a manqué et qu'il est tombé sur la pente, à travers les arbres coupés. "

Valserine releva vivement la tête, comme si elle allait donner une explication, puis sa bouche se referma, et, après quelques instants de silence, elle demanda presque tout bas :

" Est-ce que sa jambe est cassée ? "

" Non, " dit le gendarme, " il pourra marcher bientôt. "

Elle n'attendit pas qu'il eût fini la réponse pour demander encore :

" Est-ce que sa tête lui fait toujours aussi mal ? "

Le gendarme regarda de côté, comme s'il était embarrassé, puis il ôta son képi, et, en le tapotant du bout des doigts, il répondit :

" Tout cela ne sera rien, mais ton père va aller en prison, et tu ne peux pas rester ici toute seule. "

Et comme la fillette levait sur lui des yeux pleins d'inquiétude, il lui expliqua que le conducteur du courrier de Saint-Claude avait reçu l'ordre de la prendre le soir même, à son retour du col de la Faucille. Elle n'aurait qu'à attendre le passage de la voiture, en bas, sur la route, et on la conduirait dans une famille de Saint-Claude, jusqu'à ce que son père soit revenu de prison.

Valserine promit d'attendre le passage du courrier, et le gendarme s'en alla, en lui assurant qu'il donnerait souvent des nouvelles du contrebandier.

La fillette referma la porte derrière lui, et elle essaya de penser.

Elle se rappela que son père lui avait dit peu de temps avant : " Tes douze ans vont bientôt finir. "

Il avait ajouté, après un long silence :

" Je voudrais que tu sois ouvrière diamantaire. "

Souvent aussi, il avait parlé de l'avenir. C'était les jours où elle refusait de faire ses devoirs de classe. Elle le revoyait, penché, lui désignant ses fautes, leurs deux têtes si rapprochées qu'elles se heurtaient parfois, et elle croyait l'entendre encore lui dire : " Je ne suis pas bien savant, mais ce que je peux t'apprendre te servira dans l'avenir. "

L'avenir… Elle répéta le mot pour le fixer. Cela lui apparaissait très haut et tout semblable à ces nuages qui arrivaient en se bousculant par le col de la Faucille et qui s'enfuyaient en s'effilochant le long des monts Jura.

Puis la tourterelle apprivoisée attira son attention. Elle venait du bois, chaque matin, réclamer une caresse et une friandise. Valserine la retint longtemps dans ses deux mains, sans pouvoir lui parler, comme elle le faisait tous les jours, et, quand l'oiseau se fut envolé, la fillette sortit de sa maison pour se rendre à " la chambre du gardien. "

Elle fit un grand détour, en prenant toutes les précautions habituelles pour ne pas être vue. C'était là que son père cachait ses marchandises de contrebande.

Depuis qu'elle savait que la " chambre du gardien " était une cachette, Valserine s'y rendait toujours avec crainte. Pendant longtemps, elle avait cru que c'était seulement dans cet endroit frais que les marchandises étaient à leur place. Elle n'avait connu le danger que le soir où les douaniers étaient venus se mettre en embuscade sur l'amoncellement des quartiers de roche qui recouvraient la cachette. La nuit commençait d'entrer dans " la chambre du gardien. " La fillette et son père venaient de finir d'envelopper soigneusement les petits paquets faciles à dissimuler dans les poches et que le contrebandier devait aller vendre le lendemain.

Ils allaient sortir de la cachette, lorsqu'ils entendirent tout près d'eux une voix un peu basse qui disait :

" Il doit y avoir des trous profonds parmi ces pierres. "

La voix s'était subitement assourdie, comme si elle s'éloignait ; il y avait eu quelques piétinements, et la même voix avait repris :

" J'ai envie de faire partir mon revolver là-dedans. "

Aussitôt, la fillette sentit que son père la saisissait et l'attirait violemment à lui ; elle avait senti aussi qu'il était tout tremblant quand il lui avait dit très bas : " Ils sont au-dessus de nous. "

Valserine n'éprouvait aucune peur à ce moment. Elle ne comprenait pas pourquoi son père tremblait si fort contre elle. Elle voulut lui parler, mais il l'en empêcha en lui disant : " Les douaniers sont là. "

La fillette avait subitement deviné que son père cachait des marchandises de contrebande, tout comme le fils de la vieille Marienne, qui demeurait en bas de la montagne, et que les gendarmes avaient déjà emmené plusieurs fois en prison. Et, malgré l'obscurité, elle mit ses deux mains devant son visage pour cacher à son père la grande honte qui la faisait rougir.

Mais son père se courba davantage sur elle, en la serrant plus fort. Elle comprit sa pensée et, pour le rassurer, elle lui passa un bras autour du cou, pendant qu'elle lui appuyait son autre main sur la joue. Ils restèrent ainsi pendant un long moment, Valserine supportant le poids de la tête de son père, qui s'abandonnait sur la sienne.

Ils se séparèrent en entendant des petits coups secs contre les pierres de la cachette ; puis la voix du douanier arriva encore près d'eux, comme si elle sortait d'un porte-voix. Elle disait :

" Ma baguette ne touche pas le fond. "

Une autre voix, paraissant assez éloignée, dit :

" Reste donc tranquille, tu vas faire sortir de ce trou quelques bêtes, qui vont nous ennuyer cette nuit. "

Les petits coups secs continuèrent à se faire entendre, et, tout à coup, un glissement brusque fit comprendre à Valserine que le douanier avait laissé tomber sa baguette dans la " chambre du gardien. "

Valserine et son père s'assirent en silence sur la pierre étroite qui se trouvait près d'eux, et ils restèrent jusqu'au matin, sans oser bouger ni se parler tout bas.

Ce fut seulement lorsque le grand jour entra dans la " chambre du gardien " que le contrebandier se décida à sortir, pour s'assurer que les douaniers n'étaient plus là.

Et maintenant que Valserine se retrouvait seule dans cette cachette, elle se souvenait des moindres détails de cette nuit d'angoisse. Il y avait un peu plus d'un an de cela, et, depuis, elle avait fait tant de questions à son père qu'elle savait à présent beaucoup de choses.

Elle savait qu'il ne fallait jamais passer par le même chemin pour aller à la " chambre du gardien, " afin de ne tracer aucun sentier visible. Elle savait qu'un homme peut être contrebandier sans être un voleur, et elle sentait bien qu'un lien de plus l'attachait à son père, depuis qu'il lui avait parlé comme à une amie.

Et voilà qu'elle éprouvait presque de la fierté en se rappelant les paroles que le gendarme venait de lui dire : " Les douaniers affirment que tu aidais ton père à passer sa contrebande. "

Elle s'assura que toutes les marchandises étaient à l'abri de l'humidité ; elle roula en pelotte quelques bouts de ficelle qui traînaient à terre, et elle sortit de la " chambre du gardien, " avec les mêmes précautions qu'elle avait prises pour y entrer. Elle revint à la maison pour y mettre tout en ordre, et, quand l'heure fut venue, elle ferma la porte avec soin et descendit sur la route pour prendre le courrier, au passage, ainsi qu'elle l'avait promis au gendarme.

La voiture était pleine de monde. Le conducteur voulut faire monter Valserine près de lui, mais un homme déjà vieux céda sa place, après avoir longuement regardé la fillette, et monta lui-même sur le siège, à côté du conducteur. Valserine tourna le dos aux chevaux. Elle retenait de la main le rideau à grosse toile, à rayures rouges, qui fermait la voiture des deux côtés, et il lui semblait que c'était les montagnes qui se déplaçaient, chaque fois que la voiture tournait un lacet de la route. De temps en temps, la voix du conducteur laissait échapper une sorte de son plein et bref :

" Allonlonlon… "

Ce son venait à intervalles réguliers, comme si un compteur invisible en eût réglé le bon fonctionnement, et la fillette l'attendait, comme une chose nécessaire à la solidité de la voiture, aussi bien qu'à la bonne allure des chevaux.

On atteignit presque tout de suite le village de Lajoux. C'était dans ce village que Valserine allait à l'école. Tous les enfants qui jouaient devant les portes devaient savoir que le contrebandier était en prison, et, de crainte d'être aperçue par eux, la fillette se dissimula, en se faisant toute petite, derrière le rideau de toile.

La voiture s'arrêta un bon moment au village de Septmoncel. Le gendarme du matin passa en tenant sa petite fille par la main, et Valserine vit que tous deux lui souriaient d'un air d'encouragement.

Puis le voyage continua. La fillette remarqua que les montagnes devenaient plus noires et plus hautes et qu'elles semblaient tourner plus vite autour de la route ; et, au moment où la nuit tombait, elle s'aperçut que la voiture entrait dans la ville de Saint-Claude.

Quand les chevaux se furent arrêtés au coin de la place, Valserine vit s'approcher d'elle une jeune femme entourée de trois enfants. Elle la reconnut pour l'avoir vue, peu de temps avant, causer avec son père, à la dernière fête du village de Lajoux.

La jeune femme lui dit tout de suite :

" Ton père voulait que je te prenne seulement l'année prochaine. Eh bien ! tu commenceras une année plus tôt, voilà tout. "

Puis elle fit passer ses enfants tous du même côté, pour pouvoir marcher près de Valserine.

La fillette ne trouva rien à répondre.

Elle était un peu étourdie par le voyage. Un bruit de roues restait dans ses oreilles et elle s'inquiétait de ne plus entendre la voix monotone du conducteur, qui l'avait tranquillisée tout le long de la route. Elle vit s'allumer tout à coup, devant elle, une lumière suspendue dans le vide, puis une autre, et ce ne fut qu'à la troisième qu'elle reconnut les becs de gaz. La rue mal pavée avait une pente très raide, que les trois enfants s'amusaient à descendre en courant, pendant que la jeune femme indiquait à Valserine les mauvais pas ou les quelques marches qui se trouvaient de loin en loin sur le trottoir. On tourna dans une rue presque noire, et les enfants entrèrent dans une maison, en bousculant la vieille femme qui les attendait sur la porte.

Ce fut seulement le troisième jour de son arrivée que Valserine sut qu'elle allait entrer comme apprentie dans une diamanterie. C'était un dimanche. La jeune femme s'était levée beaucoup plus tard que d'habitude, les petits avaient leurs jolis vêtements, et la table de la salle à manger était mieux garnie que les autres jours.

Au milieu du babillage bruyant des enfants, Valserine apprit que la jeune femme était veuve, qu'elle s'appelait Mme Rémy, et qu'elle était ouvrière diamantaire. Elle apprit aussi que le métier de diamantaire était propre, qu'il donnait peu de fatigue, et que les femmes y gagnaient leur vie aussi largement que les hommes.

Mme Rémy avait ajouté, en faisant un geste en rond autour de la table :

" C'est moi qui fais vivre tout le monde ici. "

Elle retira la bague qu'elle portait au doigt, pour mieux montrer à la fillette les facettes qu'il fallait tailler, afin que la pierre pût donner tout son éclat. Puis elle lui fit comprendre combien sa chance était grande d'avoir été acceptée parmi les diamantaires, qui font peu d'apprentis, de peur qu'un trop grand nombre d'ouvriers ne fasse diminuer les salaires.

Valserine avait souvent entendu parler des diamanteries du pays ; mais elle y apportait pour la première fois de l'attention. Elle avait appris à l'école que le diamant était une pierre très dure, et elle se souvenait que la maîtresse de classe avait affirmé que la roue d'une charrette lourdement chargée pouvait passer dessus sans parvenir à l'entamer. Tout le jour, elle pensa à la difficulté qu'elle allait avoir à tenir un si petit objet dans ses mains. Elle imagina, pour tailler les pierres, un solide couteau à lame tranchante, comme le rasoir de son père. Elle se vit assise sur une chaise basse, devant une table basse aussi, sur laquelle se rangeaient des boîtes pleines de pierres brillantes et précieuses.

Une crainte lui venait de ce métier si difficile. Aussi, quand elle entra dans la diamanterie, le lendemain matin, elle regarda tout à la fois. Elle vit les grandes baies vitrées, qui laissaient entrer des deux côtés toute la lumière du dehors ; elle vit le plafond fait de briques rouges, et le mur du fond avec son cartel rond, accroché très haut, et ne put s'empêcher de compter les barreaux d'une échelle placée juste au-dessous du cartel ; elle vit le long tuyau posé, comme une chose dangereuse, bien au milieu de la salle, et tout entouré de cercles où venaient s'enrouler les courroies ; elle vit aussi, à droite et à gauche des longues baies vitrées, des hommes et des femmes assis côte à côte, sur de hauts tabourets, et qui tenaient leur visage tourné vers elle, avec curiosité. Au même instant, elle entendit Mme Rémy lui dire :

" Prends garde aux courroies, Valserine ! "

Elle se retourna aussitôt et, comme Mme Rémy la prenait à l'épaule, elle se laissa guider pour passer à droite, derrière la rangée des ouvriers. Elle devina que chaque visage se retournait sur elle, au passage, mais elle n'osa pas lever les yeux, et elle ne vit plus que les tabourets, qu'elle dépassait un à un. Puis une pression de la main de Mme Rémy l'obligea à s'arrêter, et elle entendit la même recommandation que tout à l'heure :

" Prends bien garde aux courroies ! "

Elle ôta son vêtement pour mettre une grande blouse à petits carreaux bleus, que Mme Rémy lui avait achetée la veille, en lui disant qu'elle remplacerait dorénavant son tablier d'écolière. Elle vit encore Mme Rémy lui sourire, et, malgré le ronflement qui commençait à lui emplir les oreilles, elle entendit qu'elle lui recommandait de ne pas bouger de sa place et de bien regarder ce qui se faisait autour d'elle, afin de se familiariser avec les choses.

Valserine s'assit comme les autres sur un haut tabouret. Sa nouvelle blouse, trop longue, la gênait un peu aux genoux. Elle croisa ses mains pour être bien sage, et ainsi qu'on le lui avait recommandé, elle regarda ce qui se faisait dans la diamanterie.

Elle vit tous les diamantaires se pencher de la même façon et avec les mêmes gestes recourbés, sur une plaque ronde, posée devant eux ; mais elle fut longtemps avant de distinguer que cette plaque était la meule, sur laquelle on taillait le diamant.

Dès le lendemain, elle commença à rendre quelques services autour d'elle. Des mots précis lui indiquaient ce qu'elle devait faire : " Valserine, passe-moi ma poudre de diamant. Non, pas cette boîte-là ; l'autre, celle qui est ronde. "

" Mets ce plomb dans le moule, et augmente un peu la flamme du gaz. "

Au bout d'une quinzaine de jours, Valserine connaissait par leur nom, tous les outils de la diamanterie.

Elle savait verser la quantité nécessaire de poudre de diamant sur la meule d'acier, qui tournait si vite qu'il fallait la regarder attentivement pour la voir tourner. Elle savait aussi faire fondre la petite boule de plomb dans laquelle on incruste la pierre, et qu'on maintient sur la meule à l'aide d'une pince lourde. Elle n'entendait plus la recommandation si souvent répétée des premiers jours : " Prends garde aux courroies ! "

Les hommes et les femmes la regardaient maintenant sans curiosité. Plusieurs même lui montraient un visage affectueux, et elle sentait bien qu'elle était parmi eux comme dans une grande famille.

Cependant, quand Mme Rémy lui demandait si elle aimait son métier, elle hésitait toujours avant de répondre : " Oui. " C'était à ce moment-là que la pensée d'un autre métier lui venait. Elle n'aurait pas su dire lequel ; elle n'en désirait aucun de ceux qu'elle connaissait.

Elle pensait seulement à un métier plus rude, et qui l'eût obligée à quitter souvent son tabouret. Elle faisait avec une grande obéissance tout ce qu'on lui commandait ; mais peu à peu une sorte de mépris se glissait en elle, pour ces pierres que l'on touchait avec tant de soin ; et un jour qu'elle en avait laissé échapper une de ses doigts, elle eut un grand étonnement en voyant avec quelle inquiétude Mme Rémy l'obligea à la retrouver de suite.

Elle voyait bien que c'était là les pierres les plus rares ; mais elle ne pouvait pas comprendre pourquoi on leur accordait une si grande importance.

Dès les premiers jours, elle avait remarqué que les diamantaires étaient mieux vêtus que les autres ouvriers de Saint-Claude ; les femmes portaient des robes bien ajustées, et leurs cheveux étaient toujours arrangés d'une façon jolie.

Il arriva un matin qu'une ouvrière voisine fut prise d'impatience. Elle soulevait et reposait la pince sur la meule en disant d'un air contrarié :

" Je ne peux pas trouver le sens de cette pierre, et la journée passera avant que j'aie pu lui tailler une seule facette. "

Cela inquiéta beaucoup Valserine.

Elle n'osait pas faire de question, mais elle suivait des yeux tous les mouvements de l'ouvrière mécontente.

Mme Rémy s'en aperçut. Elle fit signe à la fillette de s'approcher d'elle et elle lui expliqua que le diamant avait un côté par où il était impossible de l'entamer, et qu'il fallait parfois chercher longtemps avant de trouver l'endroit où l'on pourrait faire la première facette.

Valserine comprit que ce métier, si propre et si joli, ne demandait qu'une grande patience et beaucoup d'attention. Elle se rappela que son père l'avait choisi pour elle, depuis longtemps, et elle ressentit du contentement en pensant qu'il devait être moins malheureux dans sa prison, maintenant qu'il savait sa fille dans une diamanterie.

CHAPITRE II

La semaine finissait et Valserine attendait encore la visite du gendarme de Septmoncel. Il n'était pas venu le lundi d'avant, donner des nouvelles du prisonnier, comme il avait fait chaque semaine, depuis deux mois. Elle savait que son père souffrait toujours de sa blessure à la tête, et une grande impatience l'empêchait d'apporter de l'attention à son travail. Elle se trompait à chaque instant, et donnait aux ouvrières des objets qu'elles ne lui avaient pas demandés. Elle laissa tomber par terre deux tout petits diamants, qu'elle n'aurait jamais pu retrouver, sans l'aide de Mme Rémy. Cependant, personne ne la gronda, comme elle s'y attendait. Elle s'aperçut bientôt que les regards des diamantaires avaient quelque chose de changé, et qu'ils s'arrêtaient longuement sur elle. Il lui sembla aussi que tous avaient des choses secrètes à se dire ce jour-là. Ils se rapprochaient pour se parler, et aussitôt que leurs yeux rencontraient ceux de Valserine, ils les baissaient, comme s'ils étaient gênés d'être vus par elle.

Valserine vit Mme Rémy faire un signe à sa voisine et se pencher vers elle. Elle vit les yeux de l'ouvrière se tourner de son côté, et se détourner de suite. Elle devina que les deux femmes parlaient d'elle, et dans l'instant où les courroies glissaient en silence, comme cela arrive souvent dans les usines, la fillette entendit que l'ouvrière disait :

" Maintenant il a fini sa prison. "

Aussitôt tout devint clair pour elle. Elle comprit pourquoi le gendarme n'était pas venu. Elle comprit aussi les regards furtifs et mystérieux des diamantaires, et elle attendit, pleine de confiance, la fin de la journée, en pensant que Mme Rémy allait lui dire, comme à tout le monde, que son père était sorti de prison.

Le soir, pendant l'heure du dîner, Mme Rémy dit à Valserine :

" Demain, nous irons chercher ton linge, et le reste de tes effets, dans la maison de ton père. "

La fillette eut un mouvement si vif, que sa chaise se recula de la table. Elle la rapprocha beaucoup plus près qu'il ne fallait, et son regard chercha de nouveau celui de Mme Rémy. Mais Mme Rémy regardait à présent son verre avec attention ; elle le prit pour en frotter les bords, tout en disant :

" J'ai demandé à Grosgoigin de nous conduire. "

Elle continua de frotter son verre avec sa serviette, comme si cela était la chose la plus importante du moment, et elle ajouta :

" Sa voiture est grande, et nous pourrons rapporter ici toutes les choses qui peuvent te servir. "

Elle sortit presque aussitôt de table, pendant que les enfants demandaient en criant qu'on les emmenât aussi dans la voiture.

Le lendemain, de bonne heure, Grosgoigin vint prendre Mme Rémy avec ses trois enfants et Valserine.

Le cheval avançait lentement sur la route, qui allait sans cesse en montant. Les enfants se mirent à babiller. Ils attiraient l'attention de Valserine sur tout ce qu'ils voyaient ; mais Valserine ne leur répondait pas toujours ; elle avait remarqué l'air soucieux de Mme Rémy, et cela l'empêchait de montrer toute la joie qu'elle portait en elle.

Il fallut s'arrêter à Septmoncel pour le repas de midi. Le gendarme entra dans la salle, où la petite famille déjeunait seule. Valserine vit Mme Rémy se lever précipitamment pour aller au-devant de lui, et tous deux sortirent de la salle, en parlant à voix basse.

La fillette fut très surprise de voir Mme Rémy revenir toute seule. Elle aperçut peu après le gendarme par la fenêtre ouverte. Il remontait la rue, sans hâte, le buste un peu penché, et ses deux mains derrière le dos.

Le voyage reprit après le déjeuner. Les enfants commencèrent de laisser aller leurs petites têtes, au balancement de la voiture, et ils finirent par s'endormir tout à fait.

Mme Rémy était assise juste en face de Valserine. De temps en temps, elle respirait longuement, comme les gens qui prennent une grande résolution, et Valserine croyait toujours qu'elle allait lui parler. Puis, la jeune femme détournait son visage de celui de la fillette, et elle paraissait très occupée à empêcher les enfants endormis de glisser de la banquette. Valserine l'aidait de son mieux, en soutenant la tête de l'un d'eux, mais elle se renversait constamment en arrière, pour apercevoir le tournant d'une montagne qui cachait sa maison.

Quand la voiture traversa le village de Lajoux, Valserine sentit en elle comme un bouillonnement. Elle se mit à rire et à remuer les jambes. Elle avait envie de parler aussi. Elle voulait dire à Mme Rémy ce qu'elle avait entendu la veille dans la diamanterie. Elle voulait lui demander depuis combien de jours son père avait fini sa prison. Il lui semblait que toutes ces choses seraient faciles à dire, si les enfants se réveillaient. Mais ils continuaient de dormir tranquillement, et la fillette sentit augmenter sa timidité devant l'air ennuyé de Mme Rémy. Elle craignit de la fâcher et de l'entendre blâmer son père, comme cela était arrivé, chaque fois que le gendarme avait donné des nouvelles du prisonnier. Alors elle se pencha davantage, avec l'espoir de voir son père au bas du chemin qui grimpait à leur maison.

Maintenant la voiture descendait rapidement la route très en pente qui va de Lajoux à Mijoux. Au détour d'un lacet, Valserine s'agita brusquement. Elle repoussa la tête de l'enfant qu'elle soutenait, et se mit à crier d'une voix forte :

" Arrêtez ! On est arrivé ! "

Elle disait cela à Grosgoigin et à Mme Rémy tout à la fois. En même temps, elle regardait de tous côtés avec une vivacité extraordinaire ; puis elle se mit à secouer la poignée de la petite portière qui se trouvait près d'elle, à l'arrière de la voiture.

Elle la secouait si fortement, sans parvenir à l'ouvrir, que Mme Rémy la retint par sa robe, en lui disant :

" Attends ! attends que la voiture soit arrêtée. "

La fillette se redressa pour donner un vigoureux coup de pied dans la portière, qui s'ouvrit violemment en faisant grincer ses gonds ; et pendant que la voiture ralentissait, Valserine en descendit, sans se servir du marchepied. Elle fit un tour sur elle-même en ouvrant les bras. Elle fit trois ou quatre pas trop grands et mal assurés et, au moment où Grosgoigin arrêtait tout à fait son cheval, la fillette sautait le fossé de la route, pour gagner en biais le chemin, qui montait très raide jusqu'à sa maison, placée à mi-côte de la montagne, au commencement de la partie boisée.

Mme Rémy la rappela, tout en empêchant les enfants de descendre.

Elle disait, comme l'instant d'avant :

" Attends ! Attends ! "

Mais Valserine n'attendait pas. Elle courait vers le chemin et quand elle l'eût atteint, elle se mit à le gravir, à grandes enjambées, en se tenant courbée en deux.

Mme Rémy l'appela encore.

Il y eut comme une angoisse dans sa voix, qu'elle essaya de renforcer, quand elle dit :

" Je t'en prie, Valserine, attends-moi, il faut que je te parle tout de suite !... "

Elle eut un mouvement d'impatience, en voyant que la fillette continuait de monter avec la même rapidité, et après avoir fait descendre de voiture les trois petits, elle s'engagea avec eux sur le rude chemin.

Pendant ce temps, Valserine était déjà entrée dans sa maison, en faisant un grand geste de désappointement.

Elle en ressortit presque aussitôt, pour lancer un cri aigu et prolongé comme un signal. Son regard s'en alla au loin dans tous les sens, et quand elle le ramena plus près, elle ne vit que Grosgoigin qui faisait reculer son cheval, afin de ranger la voiture sur le côté de la route, et Mme Rémy, qui montait péniblement, en tirant un enfant de chaque main. Elle attendit encore quelques instants, et comme la réponse à son cri ne venait pas, elle se mit à courir vers la " chambre du gardien. " Là, non plus, rien n'avait été dérangé. Les paquets de tabac étaient toujours enveloppés de gros papier gris, et les boîtes de fer-blanc, pleines de chocolat, s'alignaient avec l'ordre qu'elle y avait mis à son départ.

Elle eut encore un geste de déception, et ainsi qu'elle l'avait fait dans sa maison, elle sortit de la " chambre du gardien " avec l'idée de lancer le même cri prolongé. Il lui sembla qu'elle n'avait pas donné toute sa voix, la première fois, et elle gonfla sa poitrine, afin de lancer, aussi loin que possible, ce nouvel appel.

Mais, au même instant, elle recula, comme si une main mystérieuse venait de la toucher au visage. Elle se rappelait brusquement qu'elle était devant l'entrée de la " chambre du gardien, " et comme si elle eût couru tout à coup un grand danger, elle se baissa vivement pour se glisser par le passage étroit de la cachette. Elle s'assit à demi sur la pierre la plus proche, et elle écouta toute frémissante les bruits qui pouvaient venir du dehors. Au bout d'un instant, elle s'aperçut qu'il faisait beaucoup plus clair que d'habitude dans la " chambre du gardien. " Des quartiers de roche qu'elle avait toujours crus noirs lui apparaissaient maintenant de la même couleur que les autres. Elle leva les yeux avec curiosité, et elle resta toute bouleversée, en apercevant un grand morceau de ciel au-dessus de sa tête. Elle fut tout de suite debout pour mieux voir, et elle reconnut que la fissure par laquelle le douanier avait autrefois laissé glisser sa baguette, s'était considérablement agrandie. Les deux énormes pierres qui formaient la voûte s'écartaient largement par un bout, tandis qu'elles se rapprochaient maintenant par l'autre, au point de se toucher. Et lorsque la fillette abaissa son regard sur la longue bande de jour, qui descendait dans la cachette, comme une étoffe claire, elle vit que du sable glissait par l'ouverture, et se répandait sur le sol en un tas qui s'évasait et recouvrait déjà une grande surface. Valserine ne savait que penser de tout cela, lorsqu'elle entendit la voix de Mme Rémy, l'appeler de nouveau ; elle fit un mouvement pour sortir, mais la même crainte mystérieuse que tout à l'heure la fit reculer de l'ouverture.

La voix de Mme Rémy avait d'abord marqué de la colère ; mais quand elle devint angoissée et pleine de désespoir, Valserine se boucha les oreilles pour ne pas l'entendre. Le silence revint avec la nuit.

La longue bande de jour était remontée peu à peu par l'ouverture.

Valserine attendit encore longtemps dans l'obscurité.

Des petites chutes de sable, venant d'en haut, la faisaient sursauter de temps en temps. Puis elle crut entendre les pas de son père, dans le sentier le plus proche ; elle pensa qu'il pouvait rentrer à la maison, sans se douter que sa fille l'attendait dans la " chambre du gardien, " et elle sortit sans bruit.

Dehors, rien ne bougeait. Une fraîcheur montait de la terre, toute couverte de hautes herbes et de mille fleurs. Valserine glissait sur les grosses pierres, pleines de mousse, qui entouraient la cachette ; elle se retenait aux arbres, tout minces et tordus, qui sortaient du creux des pierres, et quand elle arriva devant sa maison, elle poussa la porte en appelant tout bas :

" Papa. "

Elle haussa un peu la voix, pour appeler encore :

" Papa. "

Elle comprit qu'il n'y avait personne dans la maison et qu'elle se trompait en croyant voir le prisonnier étendu sur son lit ; mais elle était si sûre qu'il allait rentrer dans un instant, qu'elle repoussa simplement la porte, sans la fermer à clef. Elle se dirigea à tâtons jusqu'à son petit lit, et avant de s'étendre dessus, elle ne put s'empêcher de toucher celui de son père dans toute sa longueur.

Elle ne voulait pas s'endormir. Elle fit de grands efforts pour ne pas laisser se fermer ses paupières.

Cependant, elle fut réveillée par des cris. Elle ne fut pas longue à comprendre que c'était elle-même qui les avait poussés. Sa gorge ne laissait plus échapper de sons, mais sa respiration était courte et rude, et elle sentait bien qu'il lui suffirait de faire un tout petit effort pour entendre de nouveau les mêmes cris sourds et pleins d'angoisse. Elle avança encore les mains vers le lit de son père ; mais maintenant elle savait très bien qu'il était vide ; elle le touchait seulement pour être moins seule, et parce qu'il lui semblait qu'un ami lui donnait la main. Elle ne se souvenait pas d'avoir jamais vu la nuit aussi noire et, chaque fois qu'elle voulait fermer les yeux, une inquiétude les lui faisait rouvrir. Puis un bourdonnement ronfla dans ses oreilles, avec un petit sifflement. Elle se souleva pour mieux écouter, et il lui sembla que ce bruit emplissait toute la chambre. Elle imagina qu'une araignée tissait une immense toile autour de son lit, et elle en ressentit une oppression qui l'obligea à respirer longuement. Et, tout à coup, elle entendit battre son cœur. Elle en écouta les coups un instant, et elle dit tout haut :

" Comme il fait du bruit ! "

Aussitôt, elle trouva que sa voix avait résonné comme une voix étrangère ; tout son petit corps se resserra, et son cœur cogna plus sourdement.

Quand il se fut apaisé, elle s'aperçut que le vieux coucou, pendu au mur, ne faisait plus entendre son tic-tac. Son trouble en augmenta, et, pour se rassurer, elle chercha à distinguer sa place dans l'obscurité. Elle avait envie de lui parler, comme à une personne amie qui boude. Elle avait envie d'aller tirer ses chaînes ; mais elle n'osait faire le plus petit mouvement, de peur de heurter la chose inconnue et pleine de menace, qui bruissait toujours à ses oreilles. Alors, elle resta sans bouger, les yeux grands ouverts dans la nuit. Cependant le jour arriva. Valserine vit qu'il essayait d'entrer dans la maison, en passant sous la porte, et par les fentes des contrevents. Elle le vit se glisser, peu à peu, vers la petite glace accrochée près de la fenêtre, puis le long des poutres noires du plafond, et enfin se fixer dans tous les coins de la chambre.

Maintenant qu'il éclairait les chiffres jaunis du vieux coucou, Valserine se leva très vite, pour aller toucher du doigt le balancier, et, dès le premier tic-tac, le bruissement qui l'avait tant effrayée cessa, et il lui sembla que rien n'était changé dans la maison. Cependant, elle visita la pièce, comme si elle espérait y découvrir une bête étrange.

Elle passa soigneusement le balai sous chaque meuble, et enleva les plus petites toiles d'araignée, qui s'étaient formées pendant son absence.

Un battement d'ailes et deux petits coups frappés aux contrevents, lui firent oublier les bruits mystérieux de la nuit. C'était la tourterelle qui venait chercher une caresse, comme autrefois. Valserine ouvrit la fenêtre toute grande, et l'oiseau se posa sur le rebord en saluant et roucoulant, comme s'il avait mille et mille choses à dire. Mais quand la fillette étendit la main pour le caresser, il battit précipitamment des ailes et s'envola au loin.

Valserine le suivit des yeux, sans oser le rappeler, et lorsqu'il eut disparu dans les hautes branches d'un arbre, elle s'éloigna de la fenêtre avec une grande envie de pleurer. Ce fut à ce moment que son regard rencontra la petite table chargée de ses livres de classe. Elle se souvint aussitôt du vieux cahier de devoirs qui servait au contrebandier les jours où il avait besoin d'être aidé par son enfant. Elle le prit pour en tourner très vite les pages, en lisant des mots tracés entre les lignes déjà pleines. Il y avait de longues phrases expliquant à la fillette ce qu'elle devait faire en revenant de l'école ; mais c'était surtout des indications précises sur le chemin que devait suivre le contrebandier pour rentrer à la maison.

Valserine s'arrêta sur les derniers mots :

" Par le colombier, en bas du couloir. "

C'était là que le contrebandier avait été pris par les douaniers. Elle revit son père tombant dans l'étroit couloir, que les bûcherons avaient formé du haut en bas de la montagne pour faire glisser les arbres coupés. Elle le revit, essayant de se relever à moitié de la pente, et retombant, le front en avant, contre les troncs mal équarris. À présent, il avait fini sa prison, et il ne pouvait tarder à rentrer. Elle essuya brusquement ses larmes avec sa manche, puis elle prit sa plume, et au milieu de la ligne suivante, elle écrivit :

" Appelle-moi. "

La matinée était peu avancée. Cependant, Valserine reconnut, à la couleur du ciel, que le soleil devait éclairer déjà les glaciers, qui se trouvaient de l'autre côté de la montagne. Le versant d'en face était encore plein de brume. On distinguait seulement les places blanches où la roche à pic était à nu et les endroits encore plus clairs où, à chaque printemps, la fonte des neiges entraînait des éboulements.

Valserine s'aperçut pour la première fois, qu'elle connaissait le nom des montagnes voisines. Elle les nomma avec un geste de la main, comme si elle les indiquait à quelqu'un : un peu à droite, le Mont-Rond ; à gauche, la Dôle, et, presque en face, le col de la Faucille.

Maintenant, elle se sentait tranquille autour de sa maison. Peu à peu, le soleil se montra au-dessus du Mont-Rond, et la brume qui recouvrait la vallée, s'enleva pour laisser voir les maisons blanches du village de Mijoux, où se trouve la douane. Elle reconnaissait facilement, parmi les autres, la petite maison carrée des douaniers. Elle n'était jamais passée devant sa grande porte, sans en éprouver un peu de terreur, depuis qu'elle savait que son père était contrebandier.

La fillette eut encore une fois l'idée que le prisonnier pouvait se trouver sur un sentier des environs. Elle lança de toute sa force le cri d'appel qu'il connaissait si bien, et auquel il avait toujours répondu ; mais ce cri resta sans réponse, comme celui de la veille. Elle n'en fut pas inquiète. Elle était sûre que son père allait arriver, et qu'il lirait la dernière phrase écrite sur le cahier ; il ne refuserait pas de la garder auprès de lui, pendant quelques jours, et ensuite elle le quitterait pour retourner à la diamanterie de Saint-Claude.

La faim qui commençait à lui tirailler l'estomac, l'obligea d'aller chercher des provisions, à la " chambre du gardien. " Elle emplit ses poches de chocolat et de gâteaux secs, et elle s'engagea sur la pente boisée, à travers les sentiers, qui descendaient dans la combe de Mijoux, pour remonter ensuite au col de la Faucille. Elle rôda longtemps sous bois, en se tenant tout proche d'un chemin, qui avait été autrefois une route, et que l'herbe et les pierres encombraient maintenant ; puis elle finit par trouver une éclaircie, d'où elle pouvait voir toute la ville de Gex, où était la prison.

Jamais la plaine du pays de Gex ne lui avait paru aussi grande, et le lac de Genève, qui la terminait, la faisait penser à une étoffe déteinte par l'usure, et toute déchirée au bord.

Il lui sembla que tout ce qu'elle voyait ce jour-là, était différent des autres fois. La tête de vieillard, à longue barbe, qu'elle avait toujours vue au sommet du mont Blanc, prenait aujourd'hui la forme d'un chien, levant son museau, pour hurler tristement ; et les barques du lac, avec leurs grandes voiles pointues, comme les ailes des hirondelles, la faisaient penser à de grands oiseaux blessés, tout près de se noyer.

Elle fermait les yeux, pour essayer de revoir les choses sous leurs formes anciennes ; mais elle n'y parvenait pas. Elle n'en ressentait pas de trouble ; elle regrettait seulement que son père ne fût pas là, pour en rire avec elle, comme il avait fait la première fois qu'ils étaient venus ensemble sur ce chemin, et qu'elle avait vu les choses tout à l'envers. C'était à la place même où elle se trouvait en ce moment, que le contrebandier s'était arrêté pour lui dire :

" Tu n'as pas de chance. On ne voit pas le lac de Genève aujourd'hui. "

Il avait ajouté, en abaissant son bâton vers la plaine :

" Tiens, il est sous ce monceau de nuages gris, que tu vois là tout en bas. "

Mais la Valserine avait aussitôt levé la main vers le mont Blanc, pour montrer à son père le lac, qui s'étalait très large et très bleu, entre deux nuages roses, au-dessus des glaciers.

Il lui était arrivé une autre fois, de voir le mont Blanc tout en flammes, mais elle avait vite compris qu'il était seulement éclairé par le soleil.

Ce matin, la masse de nuages gris ne recouvrait plus le lac. Elle s'élevait lentement en fumée blanche, vers les glaciers, et le pays de Gex laissait voir toutes ses routes.

Valserine surveillait les plus proches. Elle trouvait que les gens mettaient beaucoup plus de temps qu'il n'en fallait pour aller d'un endroit à un autre. Ils avaient l'air de sauter sur place, plutôt que de marcher, et le moindre de leurs gestes lui paraissait plein de signification.

Quand le soir revint, Valserine se décida à reprendre le chemin de la maison.

Le soleil se couchait du côté de Septmoncel, et la fillette ne put s'empêcher de frissonner en le voyant si rouge. Il passa entre des nuages longs, comme des arbres coupés, sur lesquels il laissa des taches, et il entra dans un gros nuage sombre, qui semblait l'attendre. Valserine crut qu'il était couché, mais presque aussitôt, il sépara le nuage en deux, comme s'il voulait encore une fois regarder la fillette, puis il se montra, arrondi seulement par le haut, comme la porte de la maison des douaniers de Mijoux, et après avoir taché de rouge tout ce qui l'entourait, il disparut de l'autre côté de la montagne. Pendant ce temps, un oiseau voletait d'un arbre à l'autre, en faisant entendre un bruit semblable à celui que font les ciseaux qu'on ouvre et qu'on ferme, sans rien couper.

" Tsic, tsic… Tsic. "

La nuit tombait lentement, et Valserine, qui n'avait jamais eu peur dans le bois, se retournait souvent, pour regarder derrière elle.

De temps en temps, elle lançait son cri d'appel, qui restait toujours sans réponse.

Le chemin qu'elle suivait la fit passer près de la maison de la mère Marienne.

Valserine connaissait depuis longtemps la mère Marienne. Chaque fois que son fils était en prison, la vieille femme apportait ses œufs et ses chevrets au père de la fillette, qui se chargeait d'aller les vendre à Saint-Claude ou à Septmoncel. Elle connaissait aussi sa haine pour les douaniers. Elle l'avait vue plusieurs fois leur jeter des pierres, du haut du chemin, et elle n'osait jamais s'approcher d'elle, à cause de ses yeux, qui paraissaient toujours inquiets et pleins de soupçons.

Pourtant, ce soir, elle avait une grande envie d'entrer, pour lui parler de son père. Ce matin même, elle avait reconnu le fils de la vieille femme, au moment où il traversait la route, pour se rendre à Gex ; il devait être de retour maintenant, et savait sans doute où se trouvait le prisonnier. Elle se décida à pousser la porte, après avoir fait le tour de la maison.

La mère Marienne était debout, devant une table plus longue que large, et la lampe, qui se trouvait sur le coin du buffet, éclairait un de ses poings, qu'elle tendait devant elle, comme si elle s'apprêtait à frapper quelqu'un. Elle laissa retomber son bras, en reconnaissant Valserine, et elle lui dit d'un ton plein de colère :

" Les gendarmes sont passés par ici ; ils te cherchent. "

Valserine ne sut pas démêler si c'était contre les gendarmes, ou contre elle, que la mère Marienne était fâchée.

Cependant, elle prit du courage, et répondit :

" J'attends mon père. "

La mère Marienne regarda la fillette, comme si elle ne comprenait pas.

" Oui, " répondit Valserine, " il a fini sa prison, et il ne peut tarder à rentrer. "

Et pendant que la vieille femme la regardait toujours d'un air étonné, la fillette s'empressa d'ajouter :

" Je venais vous demander si votre fils l'avait vu. "

Les deux poings fermés de la mère Marienne remontèrent contre sa mâchoire ; ses paupières se mirent à battre, et en se reprenant plusieurs fois, comme si ses paroles lui faisaient trop mal à la gorge, elle cria, en s'avançant sur Valserine :

" Ils l'ont tué ton père ! Ils l'ont tué ! Ne le savais-tu pas ? "

Valserine regardait le visage tout convulsé de la mère Marienne, et la grande terreur, qu'elle en ressentait, l'empêchait de bouger.

La vieille femme continuait, avec une voix pleine de fureur :

" Ils l'ont tué comme ils ont tué autrefois mon pauvre mari ! Et mon fils est parti ce matin à Gex, pour le voir mettre dans le cimetière. "

Puis elle mit ses poings sur ses yeux, comme si elle voulait s'empêcher de regarder une chose affreuse, et Valserine s'enfuit, épouvantée.

CHAPITRE III

L'été venait de finir, et Valserine habitait, depuis plusieurs semaines déjà, la maison de la mère Marienne. Le fils de la vieille femme l'avait retrouvée couchée parmi les buis et les cyclamens sauvages, le lendemain du jour où elle avait appris la mort de son père. Elle était toute raidie par le froid et le chagrin, et ses cris de petite fille désolée, semblaient ne jamais plus pouvoir s'arrêter.

La mère Marienne en fut épouvantée, et comme si sa propre peine eût dû effacer celle de Valserine, elle se mit à lui raconter comment son mari avait été tué par les douaniers.

" Il s'appelait Catherin, " dit-elle, " et il faisait la contrebande de l'alcool. Souvent, il partait pour plusieurs jours, avec son cheval et sa voiture. Les douaniers le poursuivaient de tous côtés, mais il était adroit et savait les dépister. Il était hardi aussi, et quand les douaniers le menaçaient, il leur répondait en riant :

" ' Aussi longtemps que je serai vivant, je vous échapperai. '

" Mais voilà qu'une nuit, ils imaginèrent de fermer les barrières d'un passage à niveau, qui se trouvait au fond d'une vallée. L'attelage de mon mari, lancé à fond de train, sur la route en pente, brisa la première barrière, et vint s'écraser contre la seconde ; et lorsque les douaniers accoururent pour fouiller la voiture, ils trouvèrent le corps de Catherin, plié en deux sur la barrière. "

La vieille femme se tordit les mains, et, d'une voix pleine de détresse, elle termina en disant :

" Il était mort depuis deux jours quand ils me l'ont rapporté… "

Les jours passèrent, et chacun d'eux emporta un peu du chagrin de la fillette. Maintenant, elle restait de longs moments assise, sur le seuil de la maison. Elle se tenait toute ramassée comme une vieille femme, mais ses yeux noirs suivaient le chemin, qui s'en allait au pays de Gex, et qui se montrait de place en place à travers les pins. Elle revoyait la plaine avec ses routes et ses villages, et sa pensée s'arrêtait sur un arbre tout mince, seul au milieu d'un pré, et que le vent courbait violemment à chaque instant.

À présent, elle n'avait plus peur de la mère Marienne. La vieille femme lui parlait tantôt comme à une petite fille, et tantôt comme à une femme, et leurs malheurs, si semblables, les unissaient comme un lien de parenté.

Le fils de la mère Marienne partait chaque semaine à Saint-Claude, pour en rapporter plusieurs douzaines de pipes, sur lesquelles il taillait des figures. Il posait sa corbeille sur une petite table, qu'il installait dehors, près de la porte.

Valserine suivait son travail avec attention, et la maison était pleine de tranquillité.

Un jour, la mère Marienne vint s'asseoir sur le seuil, auprès de la fillette, et elle lui dit :

" Mme Rémy te fait demander si tu veux retourner à la diamanterie. "

Valserine secoua la tête pour dire non ; cependant, elle répondit : " Oui. "

La vieille femme reprit :

" Tu lui as causé un grand tourment. Elle avait la tête perdue ce soir-là, et Grosgoigin ne pouvait pas la décider à rentrer à Saint-Claude avec ses enfants. "

Valserine baissa son visage plein de confusion, et la mère Marienne ajouta :

" Elle n'est pas fâchée contre toi, et ne demande qu'à te garder comme autrefois. "

Valserine ne répondit pas. Elle semblait écouter le léger claquement des pipes, que le fils de la mère Marienne rejetait une à une dans la corbeille, après les avoir tenues quelques instants dans ses mains ; puis, brusquement, elle regarda la vieille femme, pour lui demander :

" Est-ce que les femmes font aussi des pipes ? "

Les yeux de la mère Marienne devinrent brillants comme des pierres taillées, quand elle répondit :

" J'étais polisseuse de pipes avant de me marier. "

Et comme si toute sa jeunesse lui revenait à la mémoire d'un seul coup, elle parla longuement. Elle parla de la ville de Saint-Claude et du quartier de la Poyat, où ses parents avaient été pipiers. Elle dit comment les polisseuses de pipes entouraient leurs cheveux d'un mouchoir, pour les protéger contre la poussière de racine de bruyère, qui teignait les cheveux noirs, en une couleur rose foncée.

Elle nommait les jeunes filles d'alors, comme si Valserine les avait connues.

" Adèle portait un mouchoir bleu. Agathe en avait toujours un jaune. "

Et elle s'arrêta après avoir dit, en relevant la tête :

" Moi, je portais un mouchoir rouge. "

Sa main toucha celui qui était sur sa tête en ce moment ; mais elle l'abaissa aussitôt, comme s'il lui avait suffi de le toucher, pour voir qu'il était de couleur noire.

Il y eut un long silence.

La mère Marienne semblait regarder maintenant au fond d'elle-même, et son fils avait cessé de gratter ses pipes.

Valserine se mit debout. Elle repoussa des deux mains les boucles noires qui recouvraient ses joues, et avec un accent plein de fermeté, elle dit :

" Je veux être polisseuse de pipes. "

La vieille femme se mit debout aussi, et son visage était tout joyeux quand elle demanda à la fillette :

" Tu aimes donc mieux être polisseuse que diamantaire ? "

" Oui, " dit Valserine, " les pipes sont plus belles que le diamant. "

La vieille femme prit plusieurs pipes dans la corbeille de son fils, et après les avoir fait rouler d'une main dans l'autre, elle les reposa doucement, en disant :

" Le diamant ne sert à rien. "

Quelques jours après, le fils de la mère Marienne revint de Saint-Claude avec la réponse que Valserine attendait.

La fillette habiterait chez des pipiers qui avaient connu et aimé son père, et elle irait chaque jour à la fabrique de pipes au lieu d'aller à la diamanterie.

La veille de son départ, elle voulut monter jusqu'à " la chambre du gardien, " mais comme elle se dirigeait au hasard du chemin, elle vit tout à coup que la masse de terre qui surplombait la cachette s'était éboulée.

Une énorme quantité de sable et de cailloux avait glissé, en entraînant la plupart des arbres qui se trouvaient sur la pente ; plusieurs étaient à moitié enfouis et paraissaient déjà morts, tandis que d'autres se penchaient pour s'appuyer de toutes leurs branches contre ceux qui étaient restés debout.

Valserine se rappela que la " chambre du gardien " avait été formée par un éboulement, et il lui sembla entendre encore une fois la voix de son père, quand il lui avait dit : " Cette année-là il y eut un orage si violent qu'il dévasta la montagne et fit de grands dégâts dans la ville de Saint-Claude. "

Maintenant Valserine pouvait partir, " la chambre du gardien " s'était fermée pour toujours, comme si elle voulait garder le secret du contrebandier.

La fillette entra dans sa maison, et le dernier souvenir qu'elle y avait laissé lui revint aussitôt à la mémoire. Ses oreilles s'emplirent du même bruissement qui l'avait tant effrayée pendant la nuit où elle attendait le retour du prisonnier.

Aujourd'hui, la maison était pleine de clarté, et cependant des milliers de voix fines et harmonieuses se croisaient et s'unissaient dans l'air.

Et lorsque Valserine les eut écoutées longuement, elle reconnut que le silence avait aussi des voix, que l'on pouvait entendre quand on les écoutait.

Le lendemain, au moment où Valserine allait partir pour Saint-Claude, la mère Marienne la retint un instant sur le seuil. Elle tenait à la main un mouchoir noir, qu'elle lui donna en disant :

" Prends-le. Il te servira pendant le temps de ton deuil. "

La fillette eut un mouvement plein de vivacité affectueuse vers la mère Marienne, puis elle mit le mouchoir dans sa poche et rejoignit en courant le fils de la vieille femme, qui s'engageait déjà dans le sentier de traverse.

Tout était clair dans la vallée ce matin-là, et le vent frais déchirait en petits morceaux les nuages, qui semblaient vouloir se reposer un instant sur la montagne.

À l'endroit où le sentier coupait la route, Valserine vit passer le courrier de Saint-Claude à la Faucille, et elle ne put s'empêcher d'imiter tout bas la voix du conducteur :

" Allonlonlon. "

Peu après, le sentier longea le ruisseau du Flumen, et les voix d'enfants qui se répondaient à travers la montagne n'arrivèrent plus jusqu'à cet endroit si resserré de la vallée.

La fillette suivait le pas allongé du fils de la mère Marienne sans en ressentir de fatigue. Une joie se levait en elle, et c'est à peine si elle entendait le bruit du ruisseau qui courait d'un caillou à l'autre.

Ils eurent bientôt dépassé les villages de Coiserette et la Renfile, et, au moment où ils allaient entrer dans Saint-Claude, Valserine remarqua près de la route un bouleau qui s'était dépouillé de toutes ses feuilles pendant la nuit, et elle s'arrêta pour regarder le feuillage qui traînait maintenant à terre comme un vêtement fané.

Ils descendirent très vite la rue raboteuse de la Poyat, et la fillette entra en même temps que le fils de la mère Marienne dans la fabrique de pipes. Elle traversa l'atelier où les scies filaient des sons aigus en donnant une forme aux racines de bruyère. Elle vit voler sur elle et autour d'elle les fins copeaux roulés, qui sautaient des établis pendant que les machines à tourner et à percer chantaient comme un essaim de bourdons dans la montagne.

Elle remarqua les visages ouverts et pleins d'énergie des ouvriers, et quand le fils de la mère Marienne la fit entrer dans l'atelier des polisseuses, elle regarda sans crainte les femmes, toutes debout et tournées de son côté, comme si elles guettaient son entrée.

Elle eut encore le temps de voir le poêle en forme de pipe, qui se trouvait au milieu de la pièce, et tout de suite une ouvrière vint la prendre pour la conduire à sa place. L'ouvrière marchait devant en écartant du pied les paniers qui encombraient le passage, et après avoir aidé la fillette à mettre sa blouse de polisseuse, elle lui offrit un mouchoir de même couleur que celui qu'elle portait.

Valserine remercia d'un geste plein de gratitude, elle eut un sourire qui éclaira tout son visage en repoussant doucement le mouchoir bleu, puis elle tira de sa poche celui que la mère Marienne lui avait donné le matin même, et elle en couvrit aussitôt ses cheveux.

MÈRE ET FILLE

Madame Pélissand entra dans le petit salon ; elle en fit deux fois le tour, en tenant dans ses mains une corbeille pleine de bas et de pelotes de cotons à repriser. Elle s'arrêta devant un fauteuil, comme si elle allait s'asseoir dedans ; mais elle le repoussa, et s'assit sur une chaise, tout près du piano.

Aussitôt, Marie Pélissand cessa de jouer. Elle savait que sa mère n'aimait pas la musique, et tout en regrettant de ne pouvoir finir le morceau qu'elle aimait, elle pivota sur son tabouret, et elle se mit à feuilleter les brochures qui étaient sur la table.

Madame Pélissand retint à deux mains sa corbeille sur ses genoux et elle dit, sans regarder sa fille :

" Tu peux jouer encore, Marie. "

Cette fois, Marie se retourna pour regarder sa mère. Son regard exprimait la surprise, et c'était comme si elle eut dit tout haut : " Mais qu'a-t-elle donc ? "

Depuis quelques jours, en effet, Madame Pélissand n'était plus la même. Autrefois, elle ne serait jamais entrée au salon pendant que sa fille était au piano. Il en était de même pour le métier d'institutrice de Marie. Madame Pélissand le détestait et ne pouvait supporter que sa fille y employât tout son temps. Et voilà que, tous ces jours passés, elle était restée le soir dans la salle à manger, pendant que Marie corrigeait les cahiers de ses élèves. Hier soir, elle s'était mise aussi près que possible de sa fille, et plusieurs fois Marie l'avait vu faire un mouvement de tête en haut en ouvrant la bouche, comme si elle allait parler : puis, chaque fois, elle avait baissé la tête d'un air gêné.

Marie n'osait se remettre au piano ; mais sa mère lui répéta du même ton que la première fois :

" Tu peux jouer encore, Marie. "

Marie reprit sa place sur le tabouret, mais ses doigts n'avaient plus autant de sûreté, et son morceau favori la laissait indifférente. Elle regardait sa mère à la dérobée. Madame Pélissand fixait profondément le tapis, et ses mains avaient l'air de se cramponner à la corbeille de vieux bas.

À un moment, Marie la vit si nettement faire le mouvement des gens qui vont parler qu'elle s'arrêta de jouer pour demander :

" Voyons, maman, qu'as-tu ? "

Les yeux de Madame Pélissand chavirèrent. Elle lança les mains en avant comme pour repousser la question, elle se leva de sa chaise et se rassit au même instant, et, tout d'un coup, en regardant sa fille en face, elle dit très vite :

" Ce que j'ai ? Je veux me remarier. "

Marie crut à une plaisanterie. Elle se mit à rire en se renversant en arrière : mais Madame Pélissand la saisit par le bras, en disant d'une voix rêche :

" Je ne vois pas qu'il y ait de quoi rire. "

Marie s'arrêta de rire comme elle s'était arrêtée de jouer. Elle comprit que sa mère disait vrai, et une grande stupeur tomba sur elle. Elle regarda encore sa mère. Elle vit ses cheveux blancs qui essayaient de bouffer aux tempes ; elle vit son visage bouffi, ses épaules affaissées, et ses mains décharnées ; et elle ne put s'empêcher de dire :

" Mais, maman, tu as cinquante-huit ans. "

" Oui, " dit Madame Pélissand. " Et après ? "

Après ? Après ? Marie ne savait plus quoi dire ; des larmes vinrent à ses yeux : pourtant elle dit encore :

" Et moi, maman ? "

Madame Pélissand recula un peu sa chaise ; son regard se fit dur : et, comme si elle se vengeait d'une méchanceté, elle répondit :

" Toi, ma chère ? Mais tu es assez vieille pour rester seule. "

Elle tapota les bas de la corbeille en ajoutant :

" Tu me reprochais mes cinquante-huit ans, tout à l'heure, et tu as l'air d'oublier que tu en as trente-sept sonnés. "

" Je ne l'oublie pas, " dit Marie. " Mais… "

" Mais quoi ? " demanda Madame Pélissand.

" Je pense seulement, " répondit Marie, " que tu m'as toujours empêchée de me marier, parce que tu ne voulais pas rester seule, et, aujourd'hui, c'est toi qui vas me quitter. "

Madame Pélissand resta silencieuse, et Marie n'osait dire tout ce qui lui montait du cœur. Après un long silence, Madame Pélissand reprit :

" J'épouse M. Tardi. Tu sais bien, ce jeune homme, qui m'avait demandée en mariage quand il avait vingt ans, et que mes parents ont trouvé trop jeune. "

Marie fit un signe de tête pour dire qu'elle se rappelait l'histoire que lui avait racontée sa mère.

" Eh bien ! " continua Madame Pélissand, " il s'était marié aussi de son côté, mais il n'avait pas cessé de m'aimer. Il est veuf depuis trois mois et il est venu me redemander en mariage il y a huit jours… "

Elle ajouta après une pause :

" Il habite une grande ville du Midi, et j'irai vivre là-bas avec lui. "

Marie releva la tête, qu'elle tenait un peu penchée, et elle dit gravement :

" Ce n'est parce que ce monsieur te demande en mariage que tu es forcée de l'épouser. "

Madame Pélissand fit un geste vague de la main, et Marie reprit :

" Chaque fois qu'un jeune homme est venu me demander en mariage, tu m'as défendu d'accepter… "

Madame Pélissand baissa la tête.

" Et quand j'ai voulu quand même me marier avec Julien, que j'aimais tant, tu m'en as empêchée, en disant que mon devoir était de ne pas t'abandonner. Tu m'as dit que la mort de mon père nous laissait dans la misère. Alors je me suis mise au travail, et j'ai refusé le bonheur et, maintenant, je sais que mon Julien s'est lassé et en a épousé une autre ; et, aujourd'hui tu m'apprends que tu vas me quitter pour épouser un homme que tu n'as jamais aimé et qui t'est resté étranger depuis tant et tant d'années. "

Madame Pélissand avait la tête si basse que son front touchait presque sa poitrine : on ne voyait plus que sa nuque, où la chair se séparait et formait comme deux cordes.

Marie se tut en attendant un mot de sa mère. Mais Madame Pélissand restait le front courbé et l'air têtu. Alors Marie continua :

" Moi, j'ai fait mon devoir en restant avec toi. Feras-tu le tien en refusant ce mariage pour ne pas me laisser seule ? Voyons, maman, parle, qu'as-tu à répondre. "

Madame Pélissand se redressa un peu en répondant :

" Je me marierai, parce que je ne veux plus rester avec toi. "

Marie demanda, en avançant son visage près de celui de sa mère :

" Pourquoi ? Qu'as-tu à me reprocher ? "

" Beaucoup de choses. "

" Dis-les, maman. "

" Tu es plus intelligente et plus savante que moi. " (Marie ouvrit de grands yeux.) " Tu restes des heures à rêver à des choses que tu ne dis pas, et quand nos amis viennent nous voir, tu parles toujours avec les hommes, et je ne comprends rien à ce que vous dites. C'est toi qui choisis mes livres, et si je veux lire les tiens, ils parlent de choses qui me sont inconnues. C'est toi qui décides de la couleur de mes robes et de la forme de mes chapeaux. C'est toi qui gagnes l'argent qui me fait vivre, et si je commande notre domestique, elle n'obéit qu'après avoir pris ton avis.

" Tout est changé ici. C'est toi qui es devenue la mère et moi la petite fille. J'ai peur d'être grondée quand je parle : et, quoique tu sois douce et bonne, je crains ton regard sur moi. "

Un long silence se fit. Marie songeait, une main sur les touches du piano.

Madame Pélissand se mit à pleurer tout bas, puis elle dit timidement à sa fille :

" Permets-moi d'épouser M. Tardi. "

Alors Marie se leva du tabouret pour se pencher sur sa mère, et, après lui avoir essuyé les yeux, elle l'embrassa tendrement au front en disant :

" Épouse M. Tardi, afin que, de nous deux, il y en ait au moins une qui ait un peu de bonheur. "

LE CHALAND DE LA REINE

Le matin même, sa tante Maria l'avait battu en lui défendant d'aller au bord du fleuve. Elle disait tout en colère :

" Vous verrez que ce mauvais garçon finira par se noyer comme son père. "

Aussitôt qu'elle n'apercevait plus l'enfant, on l'entendait crier d'une voix perçante :

" Michel ! Michel ! "

Toute la matinée, Michel était resté à pleurer et à bouder derrière la maison, mais, vers le soir, il s'était retrouvé sur le chemin de halage, sans savoir comment cela s'était fait.

Il ne se lassait pas de voir passer les chalands qui remontaient ou descendaient le fleuve. En les voyant si lourds et si clos, il cherchait à deviner ce qu'ils pouvaient bien porter. Celui-ci, qui était gris, devait porter de la pierre ; cet autre, tout noir, portait sûrement du fer, et ceux qui descendaient sans bruit au fil de l'eau lui paraissaient porter des nouvelles très secrètes.

Il les suivait quelquefois très loin et les mariniers lui parlaient du milieu du fleuve. Ils voyaient bien qu'il ne ressemblait pas aux enfants du pays et lui ne manquait jamais de dire qu'il était de Paris, et que sa maison était auprès du canal Saint-Martin.

Il pensait sans cesse à ce canal de Paris, où il avait été si heureux avec son père, qui était employé au déchargement des bateaux.

Il se souvenait des bonnes parties qu'il avait faites avec ses camarades dans les tas de sable que les chalands vidaient sur la berge.

Parfois c'était de la brique qu'un bateau apportait : alors il s'amusait à construire des maisons, qui s'écroulaient dès qu'un camion passait.

Mais ce qui lui plaisait le plus, c'étaient les poteries qu'on déchargeait avec soin ; ces jours-là, il n'avait pas envie de jouer, il restait à regarder les belles cruches à deux anses, les petits pots bleus et les tasses à fleur, qui étaient si jolies, qu'on avait toujours envie d'en emporter une sous son tablier ; puis, quand le père avait fini sa journée, ils rentraient tous deux dans la chambre du sixième, d'où l'on voyait encore le canal ; ils dînaient sur une petite table, près de la fenêtre ; lui racontait ce qu'il avait fait à l'école, et le père l'encourageait.

Il n'y avait pas bien longtemps qu'il ne réclamait plus d'histoire avant de se coucher. C'était toujours des histoires de marinier que son père lui contait. Il y en avait surtout une qu'il aimait beaucoup et qui commençait comme ça : " Il y avait une fois un marinier, qui avait un chaland si joli, si joli, que toutes les dames et les demoiselles venaient à l'écluse pour le voir passer. "

Il la regrettait, cette écluse Saint-Martin. Il la revoyait avec sa passerelle où les gens passaient à la queue leu-leu ; il revoyait aussi le grand bassin où les chalands avaient l'air de s'ennuyer comme s'ils étaient en pénitence, et les maisons qui se miraient tout entières dans le canal et qu'on voyait tout à l'envers.

Il y avait aussi la grande usine d'en face, qui déversait tant d'eau chaude dans le canal que tout le bassin fumait, comme si le feu était au fond. Il l'aimait aussi, cette usine qui avait neuf grandes cheminées ; il ne pouvait jamais passer devant sans les compter.

Il y avait des fois où les neuf cheminées fumaient ensemble. Cela formait un gros nuage qui se rabattait et faisait comme un pont par-dessus le bassin.

Puis le grand malheur était arrivé.

Un soir, après l'école, il n'avait pas trouvé son père au bord du canal. Le patron du chaland lui avait dit : " Va-t-en chez vous, mon petit, ton père ne reviendra plus ici. " Et deux jours après, la tante Maria était venue le prendre pour l'emmener dans ce pays des Ardennes. Il n'aimait pas sa tante Maria, qui le battait pour tout et pour rien, et qui l'empêchait d'aller voir les chalands qu'il aimait tant. Tous ces chalands ressemblaient à ceux du canal Saint-Martin ; seulement, ici, ils étaient tirés par des chevaux, tandis qu'à Paris c'étaient des hommes qui les tiraient pour leur faire passer l'écluse. On les voyait toujours attelés par deux ou par quatre, l'un derrière l'autre ; leurs épaules étaient entourées d'une large sangle qui ressemblait à un licol, et ils tiraient comme des chevaux, en tendant le cou et en faisant de tout petits pas.

Ici, le fleuve coulait entre deux montagnes bien plus hautes que les maisons de Paris ; l'eau en était si claire qu'elle reflétait les montagnes jusqu'au ciel. De l'autre côté du fleuve, trois grosses roches sortaient de la montagne. Les gens du pays les appelaient les " Dames du Fleuve. " Elles n'avaient pas de tête, mais on voyait bien tout de même qu'elles avaient été des dames, parce que leurs robes à gros plis s'étalaient encore jusque sur le pré.

Michel était assis en face d'elles depuis un moment, lorsqu'il entendit dans le lointain un bruit de joyeuses clochettes : cela venait vers lui comme une chanson : les clochettes étaient si claires et si gaies qu'il se mit à les imiter en chantant :

" Tine, tigueline, cline, cline, cline, tigueline, cline… "

Deux hommes qui passaient sur le chemin s'arrêtèrent pour écouter, et Michel entendit l'un d'eux dire : " C'est sûrement le chaland de la reine qui vient là. " Presque aussitôt, l'enfant vit venir sur le chemin de halage deux beaux chevaux tout blancs : ils étaient complètement recouverts d'un filet dont les longues franges se balançaient jusque sous leur ventre : leurs têtes étaient chargées de pompons remplis de piécettes d'or et d'argent, et ils marchaient sans fatigue, comme si cela était un amusement de tirer l'énorme chaland en faisant chanter les clochettes.

Le garçon qui les conduisait paraissait content et plein de force : il appuyait sa main sur la croupe du cheval de devant, et son fouet, qu'il tenait très droit, était tout entouré de rubans dont les bouts flottaient au vent.

Le chaland s'approcha, et Michel pensa qu'il n'en avait jamais vu de si beau. Il paraissait tout neuf, avec sa coque blanche et ses larges bandes de couleur. Son nom, " La Reine, " était écrit en grandes lettres, qui se répétaient dans l'eau en dansant et en se tortillant. Tout à fait à l'avant, un oiseau chantait dans une petite cage, et, au milieu, tout à côté d'un carré de plantes vertes et de pots de fleurs, Michel aperçut la reine du chaland.

Elle se tenait assise sur un joli siège, sa robe blanche se relevait très haut sur ses jambes, qu'elle tenait croisées l'une sur l'autre, et le chien qui était couché à ses pieds était de la même couleur que ses bas.

Ses cheveux flottants descendaient jusqu'à sa ceinture et, de chaque côté de son front, des nœuds de rubans se mêlaient à des mèches, bouclées, qui retombaient le long des joues.

Elle ne ressemblait pas aux autres filles des mariniers, et, en la voyant, on comprenait qu'il lui fallait le plus beau bateau du monde.

Aussitôt Michel se rappela la suite de l'histoire que lui racontait son père : " Et le marinier qui avait ce bateau si joli, si joli, avait une fille si belle, si belle, que tous les rois de la terre voulaient l'épouser. "

Michel se leva quand le chaland passa devant lui. Le mouvement qu'il fit réveilla le chien, qui se dressa en aboyant, mais la fille du marinier étendit seulement la main pour le calmer, et elle sourit à Michel. À ce moment, le soleil n'éclairait plus que le haut de la montagne : le fleuve était devenu plus transparent qu'un miroir ; on ne savait plus si la montagne était en haut ou en bas ; le pré se continuait jusqu'au milieu du fleuve, et on voyait les longues herbes trembler dans l'eau. Maintenant, le son des clochettes diminuait et le chaland s'éloignait lentement. Le fleuve paraissait aussi étroit que l'écluse Saint-Martin et on eût juré que le chaland touchait les deux rives.

Michel s'aperçut tout à coup que le chaland allait disparaître au tournant du fleuve. Il eut regret de ne pas l'avoir suivi, comme il l'avait souvent fait pour d'autres bateaux. Pour le voir plus longtemps, il se rapprocha davantage du bord ; il quitta le chemin de halage pour marcher sur le pré qu'on voyait sous l'eau, mais au premier pas qu'il fit, le pré disparut et ce fut le fleuve qui s'ouvrit jusqu'au fond.

Quelques minutes après, la voix criarde de la tante Maria appelait : " Michel ! Michel ! " Mais personne ne répondit, et comme elle prêtait l'oreille aux bruits du soir, elle entendit au loin un son de clochettes si clair qu'on eût dit qu'elles sonnaient dans l'eau et, malgré l'inquiétude qui la gagnait, elle ne put s'empêcher de dire tout bas : " Tine, tine, tigueline, tine, tine. "

AU FEU !

LE premier cri partit du troisième étage. C'était un cri sourd et voilé, comme si l'homme qui le poussait eût été à moitié étranglé.

Tous les locataires de la maison devaient l'avoir entendu ; cependant, personne ne bougea : on eut dit que les gens attendaient un autre avertissement. Il vint, un peu plus clair, au bout d'un assez long moment, et il fut suivi, presque tout de suite, d'un troisième, plein de force.

Aussitôt toute la maison fut comme secouée ; les fenêtres et les portes se mirent à battre. On entendit des cris de femmes et des jurons d'hommes, et bientôt l'escalier trembla sous une dégringolade précipitée et continue.

La voix qui avait poussé le premier cri était maintenant éclatante comme un instrument de cuivre ; elle entrait par les portes, sortait par les fenêtres, et s'en allait dans la nuit porter, à travers les vitres des maisons voisines, son cri d'alarme : " Au feu ! Au feu ! "

Les cinq locataires du sixième étage furent les derniers à ouvrir leur porte. Ils n'eurent pas besoin de s'interroger : la fenêtre du palier leur montra tout de suite que c'était la scierie du fond de la cour qui brûlait. D'énormes piles de planches s'allumaient de tous côtés, et le vent poussait les flammes et les faisait buter contre la maison. Il fallait descendre au plus vite, car les fenêtres de l'escalier laissaient déjà entrer une grande chaleur et beaucoup de fumée.

L'artiste peintre n'en finissait pas de mettre la deuxième manche de sa veste ; son bras glissait sans cesse le long de la doublure sans rencontrer l'ouverture. Il se tourna vers sa voisine, l'employée des postes, et il dit d'un ton de connaisseur : " ça flambe admirablement ! " L'employée des postes ne l'écoutait pas ; elle rentrait et sortait, pieds nus, en chemise de nuit, et elle répétait " Je ne peux pourtant pas descendre sans être habillée correctement. "

À l'autre bout du couloir, Francette, l'entretenue, courait après sa chatte qu'elle ne voulait pas abandonner ; elle dérangeait les chaises avec bruit en appelant d'une petite voix : " Minet ! Minet ! Minet ! " Elle sortit enfin avec sa chatte dans ses bras, ses jambes nues dans des bottines jaunes, qu'elle n'avait pas pris le temps de boutonner, et sur ses épaules une couverture blanche qui traînait derrière elle comme un manteau de reine. Elle passa devant la couturière en train de fermer sa porte à double tour comme pour empêcher le feu d'y entrer.

Il n'y avait plus que la petite tuberculeuse qui tournait sans bruit dans sa chambre. Elle n'avait sur elle qu'un petit jupon noir et un collet qui ne joignait pas devant. La couturière la pressait de descendre, mais elle s'entêtait et résistait : " Je veux ma lettre ! " disait-elle. " J'ai une lettre et je ne veux pas m'en aller sans elle ! " Elle la trouva sur une chaise, près du lit, malgré l'obscurité que la fumée commençait à faire dans la chambre, puis elle descendit aussi vite que cela lui fut possible en se cachant la bouche avec sa lettre. La couturière la suivait en retenant sa respiration et fermant à demi les yeux que la fumée piquait et brûlait.

En bas, elles retrouvèrent Francette, l'entretenue, l'artiste peintre et l'employée des postes, qui eurent la même respiration bruyante en les apercevant.

La foule s'amassait avec rapidité, on ne savait pas d'où elle pouvait venir à cette heure de nuit. Les gens avaient l'air d'avoir été simplement dérangés dans leur promenade d'après-dîner, et l'on voyait, comme en plein jour, des couples de jeunes gens, des vieux messieurs tout seuls et des femmes avec leur enfant sur le bras. La voix qui avait tant crié au feu sortit tout à coup du couloir pour demander si on avait appelé les pompiers. Personne ne répondit. Alors il se fit un grand mouvement dans la foule, comme si les gens s'écartaient pour laisser passer quelqu'un de très pressé et, peu de temps après, on entendit la chanson des pompes à incendie. Deux notes seulement, mais si rapprochées et répétées avec tant d'insistance, que cela faisait penser à un air très varié dont la foule connaissait les paroles. On entendait de tous côtés :

" Les voilà déjà ! "

" Ils ont l'échelle de sauvetage ! "

" Voyez comme leurs casques sont brillants ! "

Cependant de gros tuyaux souples se déroulaient et s'allongeaient vers les prises d'eau, pendant que l'échelle glissait de son chariot pour venir s'appuyer contre le balcon du deuxième étage. Le couloir de la maison apparaissait noir comme l'entrée d'une caverne. Les pompiers y pénétraient graves et attentifs, avec une torche allumée au poing, et à les voir ainsi on pensait à des hommes dévoués et résolus, s'en allant attaquer un monstre pour sauver leurs frères.

Comme si le feu les eut reconnus, il redoubla de violence à ce moment : des morceaux de bois tout en feu sautaient en l'air et venaient retomber sur les petits balcons du sixième étage : les étincelles montaient en tourbillonnant avec insolence et s'éparpillaient sur les maisons voisines en pénétrant jusque dans les cheminées.

Pendant le silence angoissé qui suivit, on vit tout à coup apparaître les pompiers sur le toit de la maison. Ils s'espacèrent un peu et se campèrent solidement, les jambes écartées, puis ils saisirent leur lance à pleines mains et l'abaissèrent d'un geste sûr contre le feu. Il diminua aussitôt ses flammes et quelqu'un cria : " Ils le tiennent ! "

Toutes les voix se réunirent en une seule pour porter aux pompiers l'admiration de chacun, puis les mains se mirent à claquer avec une si grande violence que les rugissements du feu en furent étouffés, et peu après la foule commença de circuler comme dans les entr'actes de théâtre.

Francette, l'entretenue, fut bientôt entourée, comme la plus à plaindre : sa couverture glissait à chaque instant de ses épaules et les mouvements maladroits qu'elle faisait pour la retenir laissaient voir à tous qu'elle n'était vêtue que de sa chemise. Elle disparut dans un groupe du côté d'un grand café.

L'employée des postes relevait constamment son chignon qui glissait sur son cou. L'artiste peintre lui offrait son bras pour marcher un peu ; tous deux tournèrent le coin d'une rue sombre.

Peu à peu la scierie cessa de brûler, le silence se fit sur le boulevard et les locataires rentrèrent chez eux les uns après les autres.

Les cinq locataires du sixième étage se retrouvèrent ensemble sur le palier : l'artiste peintre, dont le lit était brûlé, entra chez l'employée des postes pour s'assurer que le feu n'avait rien abîmé. Francette, l'entretenue, avoua qu'elle avait trop peur pour finir la nuit chez elle, et qu'elle aimait mieux aller coucher chez une amie. Il ne resta plus sur le palier que la couturière et la petite tuberculeuse, dont les chambres n'avaient plus de fenêtres. Toutes deux s'assirent sur l'escalier ; la petite tuberculeuse promenait sa lettre sur sa poitrine en l'appuyant du plat de sa main, comme si elle lui tenait chaud aux endroits où elle la laissait un moment, et on n'entendit plus que les pompiers qui allaient et venaient dans la maison qu'ils emplissaient de bruit et d'eau.

CATICHE

L'interne de service l'accepta tout de suite parce qu'elle avait la danse de Saint-Guy.

On l'emmena dans une grande salle où il y avait beaucoup de petits lits blancs le long des fenêtres.

Elle avait sept ans et un joli nom, mais la surveillante l'appela Catiche.

C'était sans y penser, simplement parce qu'elle avait l'habitude d'appeler ainsi toutes les petites filles qui avaient la danse de Saint-Guy.

Catiche se laissa baigner et mettre au lit sans rien dire, mais quand elle comprit que ce nom s'adressait à elle, elle entra dans une fureur épouvantable. Elle rejeta ses couvertures et voulut battre la surveillante. Toutes les petites malades levèrent la tête pour regarder. Beaucoup se mirent à rire en voyant les gestes de Catiche. Chaque fois qu'elle lançait ses poings sur la surveillante, ils revenaient d'eux-mêmes comme tirés par une ficelle, et lui frappaient la poitrine ou le front, ou bien se retournaient en arrière en lui touchant le dos ou la nuque. Elle se tordait comme un ver, et disait de sa voix enrouée : " Tu vas voir ! " L'infirmière accourut et lui cingla la figure avec des linges mouillés, pendant que la surveillante la maintenait sur le lit.

Elle fut longtemps à se calmer. Peu à peu, son visage reprit sa couleur pâle, mais sa respiration restait rude.

Aussitôt que les infirmières se furent éloignées, elle se tourna sur le ventre et cacha sa tête dans l'oreiller.

Ses bras remuaient sans cesse avec des mouvements désordonnés, et ainsi on voyait qu'elle ne dormait pas.

Elle refusa de manger ; les infirmières voulurent lui faire prendre du lait par force ; elles lui pincèrent le nez pour lui faire ouvrir la bouche, mais elle écarta les lèvres et respira à travers ses dents.

L'interne, à son tour, essaya de la prendre par la douceur ; il n'obtint même pas qu'elle retirât sa figure de l'oreiller. Le lendemain matin, à l'heure de la visite, l'interne expliqua la chose au chef qui s'approcha pour caresser les cheveux coupés ras de Catiche.

Il parla d'une voix douce, toucha l'un après l'autre les petits bras remuants et demanda : " Voyons, ma mignonne, dites-moi ce qu'on vous a fait ? "

Elle tourna brusquement la tête de son côté, et d'une voix exaspérée elle cria : " zut à toi, na ! " et elle replongea la tête dans son oreiller.

" Il faut la laisser, " dit le chef.

Elle passa encore toute la journée sans vouloir manger. Quand toutes les lumières furent éteintes, et qu'il n'y eut plus que la veilleuse qui faisait comme un clair de lune dans la salle, Catiche commença de remuer dans son lit. Elle fit entendre des petits gémissements qui avaient l'air de sortir d'un sifflet bouché.

Sa voisine de droite se pencha vers elle pour lui demander ce qu'elle avait. Catiche ne répondit pas. On n'entendait que le ronflement de la gardienne qui dormait dans son fauteuil, à l'autre bout de la salle. La petite voisine se leva sans bruit.

C'était une grande fillette de douze ans qui s'en allait d'une maladie de cœur. Elle avait de grands yeux bruns et doux et elle s'appelait Yvonne.

Sans penser à mal, elle demanda, tout bas : " Voyons, Catiche, qu'est-ce que tu as ? "

Catiche la repoussa en ouvrant la bouche en carré pour hurler, mais aucun son ne sortit. Elle avait perdu la voix dans la dernière colère.

" Je parie que tu as faim, " lui dit Yvonne.

" Oui, na, j'ai faim, " souffla Catiche.

Yvonne atteignit une boîte de gâteaux secs, puis elle prit le pot au lait qui était sur la table de nuit et en remplit sa tasse.

Le premier gâteau que Catiche voulut porter à sa bouche s'en alla se promener par-dessus sa tête ; le deuxième lui passa par-dessus l'épaule. Elle était si drôle, avec sa bouche ouverte qui essayait d'attraper les bouchées qui lui échappaient, qu'Yvonne ne put se retenir de rire.

Elle trempa elle-même les gâteaux l'un après l'autre et fit manger Catiche comme un petit oiseau.

Toute la boîte de gâteaux y passa et plus de la moitié du pot de lait.

Les jours suivants, Yvonne continua de la faire manger à chaque repas. Catiche restait sauvage et mauvaise ; aussitôt qu'elle avait mangé, elle tournait la tête de côté, et s'enfonçait sous les draps.

Personne ne venait la voir, elle ne semblait pas envier les friandises que les autres petites malades recevaient de leurs parents.

La voisine de gauche avait neuf ans. C'était une blondinette qui avait des attaques qui la jetaient brusquement par terre avec une jambe ou un bras en l'air. Ses parents la comblaient de toutes sortes de bonnes choses.

Plusieurs fois ils en avaient offert à Catiche, qui avait refusé en les regardant de travers.

" Elle n'est pas commode, " avait dit le papa de la blondinette.

" C'est dommage, " avait dit la maman : " elle est jolie avec ses cheveux coupés qui lui font comme un bonnet noir. "

" Mais non, maman, " dit à haute voix la blondinette, " elle n'est pas jolie. Elle a un œil tout blanc. "

C'était vrai : Catiche avait une large taie sur l'œil droit. À partir de ce jour, elle ne tourna plus son visage du côté de la blondinette. Celle-ci en profita pour lui faire des niches. Elle lui tirait son drap, lui envoyait des boulettes de pain et l'appelait tout bas : " vieille Catichon. "

Catiche ne disait rien, mais les mouvements de ses bras devenaient plus violents.

Un matin qu'elle était assise sur son lit, la blondinette s'approcha et lui dit quelque chose en faisant la grimace.

Catiche la poussa avec une telle force, qu'elle l'envoya rouler contre le pied du lit. La surveillante avait vu le geste ; elle accourut, tout en traitant Catiche de petite sournoise. Catiche se démenait en lançant ses bras de tous côtés.

Elle essayait de crier pour se défendre, et, dans sa fureur, elle retrouva tout à coup la voix pour hurler : " Elle m'a appelée œil de bique ! "

Toutes les petites filles se mirent à rire. Seule Yvonne ne riait pas : elle faisait tous ses efforts pour retenir les bras de Catiche qui heurtaient la couchette de fer, puis elle s'assit près d'elle pour la consoler.

Elle lui mit de force un bonbon dans la bouche en disant : " Mange donc, grosse bête, " puis elle tira son crochet et se mit à faire de la dentelle. Tous les jours, ensuite, elle approchait sa chaise du lit de Catiche qui faisait toujours des difficultés pour accepter les friandises qu'elle voulait partager avec elle.

" Prête-moi ton crochet, " lui dit un jour Catiche.

" Non, " dit Yvonne, " tu pourrais te blesser. "

Catiche allongea ses bras qui ne remuaient presque plus : " Tiens, je suis guérie maintenant, puisque je peux manger toute seule. «

" Donne-le moi, " reprit-elle, " je veux lui piquer l'œil pour qu'on l'appelle aussi œil de bique. Maman dit que j'ai l'œil blanc parce que je me suis piquée avec un crochet. "

" Oh ! " dit Yvonne, " comment peux-tu être aussi méchante ? "

" C'est elle qui est méchante : je ne lui avais rien fait, moi. "

" C'est vrai, " dit Yvonne ; " mais puisque tu trouves qu'elle a mal fait, pourquoi veux-tu l'imiter ? "

" Si c'était toi, " dit Catiche, " qu'est-ce que tu lui aurais fait ? "

" Je lui aurais donné une gifle et je n'y aurais plus pensé. "

Yvonne ajouta, après un silence : " Tu l'as jetée par terre et elle a saigné du nez : ça lui a fait plus mal qu'une gifle. "

Le lendemain, Yvonne qui était trop faible pour se lever, s'adossa contre ses oreillers pour faire sa dentelle.

L'infirmière se précipita quand elle la vit s'affaisser. Elle saisit la petite boîte à ouvrage et la déposa sur le lit de Catiche, puis elle recoucha Yvonne sans dire un mot, et s'éloigna après lui avoir recouvert la figure avec le drap.

Après plusieurs allées et venues, Catiche s'aperçut qu'Yvonne n'était plus dans son lit. Elle osa demander à l'infirmière si elle allait bientôt revenir.

" Elle ne reviendra plus, " dit l'infirmière : " elle est tout à fait guérie. "

Alors Catiche rangea soigneusement sa dentelle et, après avoir regardé un moment la fine pointe du crochet, elle le mit dans l'étui et rendit le tout à la surveillante.

LA FIANCÉE

Après quelques jours de vacances, il me fallait rentrer à Paris.

Quand j'arrivai à la gare, le train était bondé de voyageurs : je me penchai vers chaque compartiment dans l'espoir de trouver une place. Il y en avait bien une là, à côté, mais elle était encombrée par deux grands paniers d'où sortaient des têtes de poules et de canards.

Après avoir hésité un bon moment, je me décidai à monter. Je m'excusai de faire déranger les paniers, mais un homme en blouse me dit : " Attendez donc, mademoiselle, je vais les ôter de là, " et, pendant que je tenais le panier de fruits qu'il avait sur les genoux, il glissa ses volailles sous la banquette.

Les canards n'étaient pas contents, et cela s'entendait bien ; les poules baissaient les têtes d'un air humilié, et la femme du paysan leur parlait en les appelant par leur nom.

Quand je fus assise et quand les canards se furent calmés, le voyageur qui était en face de moi demanda au paysan s'il portait ses volailles au marché.

" Non, monsieur, " répondit l'homme, " je les porte à mon garçon qui va se marier après-demain. "

Sa figure rayonnait : il regardait autour de lui, comme s'il eût voulu montrer sa joie à tout le monde.

Une vieille femme qui était enfoncée dans trois oreillers, et qui tenait deux fois sa place, se mit à maugréer contre les paysans qui encombraient toujours les wagons : le jeune homme qui était à côté d'elle ne savait où mettre ses coudes.

Le train commença à rouler et le voyageur qui avait parlé allait se mettre à lire son journal, lorsque le paysan lui dit :

" Mon garçon est à Paris ; il est employé dans un magasin et il va se marier avec une demoiselle qui est aussi dans un magasin. "

Le voyageur posa son journal ouvert sur ses genoux ; il le maintint d'une main, en se rapprochant au bord de la banquette, et il demanda :

" Est-ce que la fiancée est jolie ? "

" On ne sait pas, " dit l'homme, " on ne l'a pas encore vue. "

" Vraiment, " dit le voyageur, " et si elle était laide et qu'elle ne vous convienne pas ? "

« Ça, c'est des choses qui peuvent arriver, " répondit le paysan ; " mais je crois qu'elle nous plaira, parce que notre garçon nous aime trop pour prendre une femme laide. "

" Et puis, " ajouta la femme, " du moment qu'elle plaît à notre Philippe, elle nous plaira aussi. "

Elle se tourna vers moi et ses doux yeux étaient pleins de sourires. Elle avait un tout petit visage frais, et je ne pouvais croire qu'elle fût la mère d'un garçon qui avait l'âge de se marier.

Elle voulut savoir si j'allais aussi à Paris, et quand j'eus répondu oui, le voyageur se mit à plaisanter.

" Je parie, " dit-il, " que mademoiselle est la fiancée ; elle est venue au-devant de ses beaux-parents sans se faire connaître ! "

Tous les yeux se portèrent sur moi et je rougis beaucoup, pendant que l'homme et la femme disaient ensemble :

" Ah ! bien, si c'était vrai, on serait bien contents ! "

Je les détrompai, mais le voyageur leur rappelait que j'étais passée deux fois le long du train, comme si je cherchais à reconnaître quelqu'un, et combien j'avais hésité avant de monter dans le compartiment.

Tous les voyageurs riaient, et j'étais très gênée en expliquant que cette place était la seule que j'avais trouvée.

" Ça ne fait rien, " disait la femme, " vous me plaisez bien, et je serais bien aise que notre bru soit comme vous. "

" Oui, " reprenait l'homme, " il faudrait qu'elle vous 'ressemble.' "

Le voyageur, poursuivant sa plaisanterie, leur disait, en me regardant d'un air malicieux :

" Vous verrez que je ne me trompe pas. Quand vous arriverez à Paris, votre fils vous dira : 'Voici ma fiancée !' "

Peu après, la femme se tourna tout à fait vers moi ; elle fouilla au fond de son panier et elle en tira une galette qu'elle me présenta en disant qu'elle l'avait faite elle-même le matin.

Je ne savais pas refuser ; j'exagérai un rhume en affirmant que j'avais la fièvre, et la galette retourna au fond du panier.

Elle m'offrit ensuite une grappe de raisin, que je fus forcée d'accepter.

J'eus beaucoup de peine à empêcher l'homme d'aller me chercher une boisson chaude pendant un arrêt du train.

À voir ces braves gens qui ne demandaient qu'à aimer la femme choisie par leur fils, il me venait un regret de ne pas être leur bru : je sentais combien leur affection m'eût été douce. Je n'avais pas connu mes parents et j'avais toujours vécu parmi des étrangers.

À chaque instant, je surprenais leurs regards fixés sur moi.

En arrivant à Paris, je les aidai à descendre leurs paniers et je les guidai vers la sortie. Je m'éloignai un peu en voyant arriver un grand garçon qui se jeta sur eux en les entourant de ses bras. Il les embrassait l'un après l'autre sans se lasser ; eux recevait ses caresses en souriant ; ils n'entendaient pas les avertissements des employés qui les heurtaient avec leurs wagonnets.

Je les suivis quand ils s'éloignèrent. Le fils avait passé son bras dans l'anse du panier aux canards et, de son autre bras, il entourait la taille de sa mère. Il se penchait sur elle et il riait très fort de ce qu'elle disait.

Il avait, comme son père, des yeux gais et un sourire large.

Dehors, il faisait presque nuit. Je relevai le col de mon manteau et je restai en arrière, à quelques pas d'eux, pendant que leur fils allait chercher une voiture.

L'homme se mit à caresser la tête d'une belle poule tachetée de toutes couleurs, et il dit à sa femme :

" Si on avait su que ce n'était pas notre bru, on lui aurait bien donné la bigarrée. "

La femme caressa aussi la bigarrée, en répondant :

" Oui ! si on avait su… "

Elle fit un geste vers la longue file de gens qui sortaient de la gare et elle dit, en regardant au loin :

" Elle s'en va avec tout ce monde. "

Mais le fils revenait avec une voiture. Il installa ses parents de son mieux et il monta lui-même près du cocher ; il se tenait assis de travers pour ne pas les perdre de vue.

Il paraissait fort et doux, et je pensais que sa fiancée était bien heureuse…

Quand la voiture eût disparu, je m'en allai lentement par les rues. Je ne pouvais me décider à rentrer toute seule dans ma petite chambre.

J'avais vingt ans, et personne ne m'avait encore parlé d'amour.

FRAGMENT DE LETTRE

J'avais pensé à aller te rejoindre aux Indes, mais j'ai eu peur pour mes fillettes et surtout pour mon petit garçon qui est très délicat.

Cependant je veux quitter ce pays le plus tôt possible, l'idée d'y rester m'est insupportable : ma maison même m'est devenue odieuse…

Je suis décidée à retourner dans le pays où nous sommes nées, j'y retrouverai d'anciennes amies qui sont devenues des jeunes mères comme moi, et près d'elles, je me sentirai moins seule.

Je sais bien que beaucoup de jeunes veuves préfèrent rester dans leur maison ; mais mon malheur à moi n'est pas ordinaire, et quand je t'aurai tout dit, tu penseras que j'ai raison.

Écoute : je n'ai jamais parlé de ces choses à personne. Les gens ne m'auraient pas crue et se seraient moqués de moi.

Toi, tu es ma sœur et tu m'aimes. Je suis sûre que tu ne penseras pas que je suis folle…

Quoique tu aies très peu connu mon mari, tu dois te souvenir de ses yeux qu'il avait très enfoncés et de teintes si changeantes qu'on ne pouvait jamais dire de quelle couleur ils étaient ; ainsi, plusieurs mois après mon mariage, je n'avais pu m'y habituer, et je baissais les paupières chaque fois qu'il me regardait un peu longtemps. Pourtant il était doux et affectueux, et je l'aimais.

À l'annonce de ma première grossesse, il m'entoura de soins les plus minutieux. Souvent, je surprenais un regard inquiet fixé sur moi. Je ne compris son tourment que le jour où il me dit : " Pourvu que ce soit un garçon ! "

Ce fut ma petite Lise, et rien ne pourrait rendre le regard de mépris qu'il laissa tomber sur le berceau.

La mignonne avait bien près d'un an quand j'eus ma deuxième fille. Mon mari haussa les épaules ; cependant il regarda la petite et il dit d'un air désenchanté : " Il faut que j'en prenne mon parti ! Je vois bien que nous n'aurons que des filles ! "

Le jour de la naissance de mon petit Raymond, tout changea. J'étais si joyeuse que j'envoyai la bonne à la recherche de mon mari pour lui apprendre la bonne nouvelle. Il ne voulait pas y croire ! Il disait : " Vous devez vous tromper, je suis sûr que c'est encore une fille… "

Il entra dans ma chambre à pas comptés et, sans un regard pour moi, il alla droit au berceau.

Il prit le petit enfant au bout de ses doigts comme un objet précieux. Il l'approchait et le reculait de son visage ; il riait et je voyais qu'il avait envie de pleurer. Enfin il se tourna vers moi et dit : " Je suis bien heureux ! "

Je crois qu'il aimait bien tout de même ses petites filles, mais elles ne l'intéressaient pas, tandis qu'il lui semblait que son fils était à lui tout seul. Il l'avait tant désiré ! Devant nos amis, il disait très haut : " C'est mon fils ! " Mais quand il était tout seul près du berceau, il disait : " C'est mon petit garçon ! "

Aussitôt que l'enfant fut sevré, il s'occupa lui-même des soins à lui donner. Il le baignait et l'habillait avec adresse. Il lui préparait aussi ses légers repas. Puis ce furent des promenades sans fin. Le petit n'aimait que son père, et c'est à peine si j'osais lui donner une caresse, tant j'avais peur de contrarier mon mari. Il me disait souvent : " Embrasse donc tes filles et laisse-moi mon fils. "

Pendant la nuit il se levait pour regarder dormir l'enfant. Un jour que j'avais appelé le docteur pour un bobo qu'avait ma petite Lise, il fut frappé de l'extrême maigreur de mon mari : il l'obligea à se laisser ausculter. À peine avait-il appuyé son oreille, que je vis ses yeux s'agrandir avec inquiétude !

Il écouta longtemps, et quand il eut fini, il fit une longue ordonnance. Puis, comme je l'accompagnais à la porte, il me dit presque bas : " Les poumons sont atteints ! Surtout, veillez bien à ce qu'il prenne ses remèdes, car le mal est déjà très avancé ! "

Je ne me rendais pas bien compte de cette maladie ; ce ne fut que huit jours après que le docteur, me trouvant seule, m'en donna tous les détails.

À force d'y réfléchir, je me souvins que mon mari avait commencé à tousser à la suite d'une pluie d'orage qui l'avait surpris dans la campagne. Il avait ôté son vêtement pour en couvrir l'enfant et il était resté assez longtemps dans ses effets mouillés.

Depuis, la toux avait toujours été en augmentant. En peu de temps le mal fit de grands progrès. Mon mari dut bientôt renoncer aux promenades avec son fils. Il exigeait qu'on le laissa seul avec lui dans le jardin. Il passait ses journées assis dans un fauteuil, pendant que le petit jouait silencieusement près de lui.

Quand l'hiver arriva, ce fut une vraie torture ; mon mari gardait le lit : il voulait que son fils restât tout le jour dans sa chambre, mais le docteur le défendait très sévèrement. Je passais tout mon temps à imaginer des prétextes pour éloigner l'enfant ! C'était épouvantable !

Le père menaçait et suppliait pour avoir son fils, et rien ne pouvait distraire l'enfant qui pleurait et voulait son père !

Vers le commencement de mars, le docteur m'avertit que le malade ne verrait pas l'été.

Il vécut encore deux mois avec de la fièvre et du délire. Il appelait son fils à grands cris, et quoique l'enfant fût souvent assez éloigné pour que les cris ne lui parvinssent pas, il semblait les entendre, il échappait à toutes les mains pour accourir vers la chambre de son père.

Un matin, mon mari me fit signe d'approcher tout près. Il regardait la porte avec inquiétude, et quand je fus penchée sur lui, il me dit dans l'oreille : " Il y a des nègres derrière la porte, ils viennent chercher mon petit garçon, donne-leur des sous pour qu'ils s'en aillent ! "

Malgré moi, je demandais : " Des nègres ? "

" Oui ! Oui ! " me dit-il, " tiens, les voilà, maintenant, qui viennent cracher sur mon lit ! "

Je haussais la voix comme pour chasser des mendiants, et jusqu'au dernier jour, il ne cessa de crier que des nègres venaient cracher sur son lit. Pour le calmer, il me fallait jeter de grosses poignées de sous vers la porte.

Une minute avant de mourir, il se dressa en criant : " Je veux mon fils ! " Puis il arrondit les bras comme s'il tenait l'enfant, et quand tout fut fini, son visage garda l'expression d'un sourire.

En rentrant du cimetière, il me fallut répondre à mes enfants qui demandaient où était leur père. Je tâchai de leur expliquer qu'il était parti en voyage, mais mon petit Raymond me répondit : " Non ! il est mourir dans l'enterrement du cimetière. " Il dit cela en levant vers moi son petit visage sérieux, puis il se mit à pleurer en appelant son père.

Je le pris sur mes genoux pour le caresser et le consoler. Il pleura longtemps, puis il finit par s'endormir. Sa petite main remuait constamment comme si elle cherchait une autre main.

Le jour finissait, j'étais très lasse, je luttais contre une somnolence qui me gagnait, lorsqu'un léger bruit me fit regarder vers la fenêtre.

Une grande ombre se glissait sur le mur, et quand elle fut en face de moi, je reconnus mon mari, il montra du doigt l'enfant et me dit : " Embrasse-le bien, car tu ne l'auras pas longtemps… "

LES POULAINS

C'était la fin de l'été, et aussi le dernier jour des vacances de Raymond. Sa mère et lui devaient quitter le soir même la petite île où ils venaient de passer deux mois.

Pendant que sa mère terminait les paquets, Raymond s'en alla courir une dernière fois sur la lande. Depuis qu'il était dans l'île, il avait appris à aimer les bêtes. Elles n'allaient pas par troupeaux, comme dans les autres pays. De loin en loin, on voyait une vache ou un mouton, le long des rochers. Il semblait à Raymond que ces bêtes étaient là comme des naufragés attendant du secours. Dès qu'elles entendaient des pas, elles levaient la tête et appelaient de leur voix de bêtes. Elles regardaient les gens aussi longtemps qu'elles pouvaient les apercevoir, puis elles cessaient d'appeler, comme si elles comprenaient que le moment de la délivrance n'était pas encore venu.

Raymond s'était surtout attaché aux poulains qui gambadaient à travers l'île. Son préféré était un tout petit dont le poil avait des teintes roses. La veille encore, il s'était arrêté longtemps à le regarder. C'était à l'heure du soleil couchant. Le poulain galopait en faisant des grâces : il baissait et relevait la tête, comme s'il saluait le gros soleil rouge qui se couchait dans l'eau. Puis il se cabrait en essayant de se tenir debout, ou bien il lançait ses pieds de derrière dans le vide : ensuite, il reprenait son joli trot en traçant des cercles autour de sa mère. Mais, ce matin-là, Raymond eut beau courir le long des rochers et sur la lande, il vit les mêmes vaches et les mêmes moutons, mais nulle part il ne vit de poulains. Il ne savait à quoi attribuer cela, et il revint tout ennuyé retrouver sa mère qui l'attendait pour le départ.

En arrivant sur le port, Raymond vit tout de suite qu'il y avait autant de monde qu'un dimanche. Cependant, il remarqua que les gens ne se promenaient pas tranquillement le long des quais et sur la jetée. Tout ce monde paraissait soucieux et affairé. Des groupes d'hommes parlaient haut et discutaient sur des sommes d'argent.

Pendant que sa mère faisait déposer ses colis tout auprès du bateau, Raymond s'approcha des groupes, et à travers les appels et les discussions, il apprit que c'était le jour de la foire aux poulains. On ne voyait pas l'endroit où était la foire, on n'en entendait pas non plus le bruit, mais d'instant en instant, on voyait arriver sur le port une femme qui conduisait par la bride une jument et son poulain.

Parfois, plusieurs hommes suivaient derrière ; leurs vêtements étaient à peu près semblables, mais on reconnaissait tout de suite le marchand à la façon dont il surveillait de l'œil l'allure du poulain. La femme faisait avancer la jument tout au bord du quai devant le bateau, et pendant que le petit, tout inquiet, se rapprochait de sa mère, deux hommes adroits lui passaient une grossière sous-ventrière où s'accrochait une barre de bois qui lui maintenaient les jarrets : puis on entendait sur le bateau le grincement d'une poulie, deux roues tournaient, et un câble muni d'un énorme crochet s'abaissait vers le poulain et le soulevait comme un colis.

Tous avaient le même mouvement de frayeur quand ils se sentaient soulevés de terre : leurs paupières battaient très vite, ils allongeaient leurs jambes de devant en repliant le pied, comme s'ils cherchaient un point d'appui, et, n'en trouvant pas, ils cessaient de se raidir, et tout leur corps pendait au bout du câble. La minute d'après, ils disparaissaient par un large trou au fond du bateau, d'où sortaient des hennissements et des piaffements de recul.

Après cela, la femme et la jument s'en retournaient du même pas lent, pendant que le marchand courait sur le bateau et se penchait au-dessus du trou en criant des ordres.

Raymond s'était imaginé que tous ces poulains grandiraient près de leur mère jusqu'à ce qu'ils soient assez forts pour traîner des charges à leur tour : et voilà qu'on les amenait dans ce bateau par surprise, comme les enfants que l'on mène à l'école pour la première fois.

Cela lui rappelait le jour où sa mère l'avait conduit au collège. C'était l'année d'avant, et il ressentait encore l'impression de terreur qui l'avait saisi en se trouvant en face du grand bâtiment et de sa grande porte.

Son premier mouvement avait été de s'enfuir, et il avait fallu que sa mère le retint de toutes ses forces par la main. Elle lui avait fait honte tout bas en lui montrant d'autres garçons qui suivaient leur mère d'un air sage, tout comme ces grands poulains qui venaient tranquillement jusqu'à ce grand bateau.

Il n'avait pas oublié non plus ce petit garçon qui s'était couché sur le dos, devant la porte du collège, et qui se défendait des pieds et des poings contre le monsieur qui essayait de le soulever de terre. Le petit garçon criait en appelant sa mère : il avait dû tant crier que sa voix en était tout enrouée. Un rassemblement s'était formé autour d'eux et des gens disaient :

" Il faudra bien qu'il entre : il n'est pas le plus fort. "

Et, le lendemain, Raymond l'avait bien reconnu dans la cour de la récréation.

Raymond pensait à toutes ces choses, et une grande pitié lui venait pour ces poulains que le bateau allait bientôt déposer dans des endroits inconnus.

Tout à coup, il vit les femmes qui encombraient le passage s'écarter pour laisser passer une grande jument blanche. Elle marchait lourdement et cherchait à s'arrêter à chaque instant. La femme qui la conduisait s'arrêtait en même temps qu'elle et reprenait sa marche en disant à la bête :

" Allons, viens donc ! "

Raymond reconnut aussitôt la mère de son poulain préféré. Le petit paraissait tout affolé : il courait autour de sa mère en poussant sans cesse un petit hennissement qui ressemblait à un cri de tout petit enfant. Le marchand le suivait et cherchait à lui enserrer la tête dans un licol blanc et rose : mais le poulain l'évitait d'un léger recul ou d'un petit saut de côté. Le marchand commença de jurer : il voulut que la femme fît un effort pour l'aider, mais elle resta droite et raide à la tête de la jument, en répondant :

" Maintenant qu'il est à vous, prenez-le comme vous pourrez : je ne vous ai pas caché qu'il n'a jamais été attaché. "

Les femmes s'apitoyaient sur la petite bête, pendant que le marchand s'avançait sur la pointe de ses gros souliers avec le licol tout grand ouvert au bout de ses deux mains. Il tournait et revenait sur ses pas pour surprendre le poulain, qui lui échappait toujours. C'était un gros homme pesant et maladroit, et Raymond pensait en lui-même qu'il avait l'air d'un ours essayant d'attraper un oiseau.

Cependant, il l'approcha deux ou trois fois de si près que le petit chercha du secours près de sa mère.

Il voulut d'abord se cacher sous son ventre : puis il essaya de lui monter sur le dos, et comme tout cela était impossible, il se colla contre elle et roula sa petite tête sous son cou pour y chercher une caresse.

Ce fut à ce moment que le marchand le saisit.

Quand le petit sentit la corde, il sauta des quatre pieds et se jeta de tous côtés, et Raymond entendit encore des gens qui disaient :

" Il faudra bien qu'il y vienne : il n'est pas le plus fort. "

Le poulain avait reculé jusqu'à un amoncellement de colis, et il restait là, tout en recul, en secouant la tête de toutes ses forces pour échapper à la corde. Alors, le marchand s'avança sur lui en enroulant la corde à son bras pour en diminuer la longueur. Il tira ensuite une mince cravache de dessous sa blouse et il en frappa le poulain d'un coup sec, en disant entre ses dents serrées :

" Avance donc, enfant de chameau ! "

Comme pour les autres poulains, la femme fit approcher la mère tout près du bateau.

Le petit tremblait de tout son corps : il essayait encore de hennir comme pour demander du secours, mais sa voix trop fragile avait dû être cassée par le coup de cravache et, malgré tous ses efforts, il ne put la faire entendre.

Sa mère tendit le cou vers lui : ses naseaux eurent un frémissement en rencontrant les naseaux du poulain. Ses lèvres se mirent à trembler en s'allongeant, et elle les appuya un long moment sur la bouche de son petit, et Raymond vit bien qu'elle lui donnait le dernier baiser ; puis elle releva la tête et regarda la mer par-dessus le bateau.

La femme aussi regarda la mer pendant que la chaîne grinçait et que le poulain se balançait au bout du câble. Quand il eût disparu au fond du bateau, elle fit tourner la jument vers la terre, et toutes deux s'en retournèrent lentement. La femme marchait en écartant un peu les jambes, et sa jupe, qui se gonflait aux hanches, lui faisait comme une large croupe.

Pendant ce temps, le marchand consolidait sa haute casquette, secouait sa blouse et s'en allait rejoindre les autres marchands, qui menaient grand bruit à l'arrière du bateau.

LE FANTÔME

À présent, tout était tranquille dans la maison et les bruits de la rue ne s'entendaient presque plus. De temps en temps, un fiacre passait encore au loin, les fers du cheval claquaient sur les pavés comme s'ils ne tenaient plus que par un fil à ses sabots, et les sons creux et gelés de sa clochette passaient dans la nuit comme un avertissement triste.

Marie avait cessé de pleurer et Angélique se tenait toute penchée sur la table, la tête presque sous l'abat-jour de la lampe.

Un craquement sec sortant d'un meuble fit relever vivement la tête à Angélique, pendant que Marie ramenait ses mains bien en vue sur la table, comme si elle craignait que quelqu'un les lui touchât dans l'ombre, puis toutes deux regardèrent vers une porte vitrée qu'on voyait à l'autre bout de la pièce, et Angélique remonta un peu l'abat-jour pour que la clarté de la lampe s'étendit davantage sur les murs de la chambre.

Le silence augmenta encore et tout à coup la pendule se mit à sonner.

Marie se pencha vers la cheminée pour essayer de voir la pendule et elle dit à voix basse :

" Comme elle a sonné vite ! "

Angélique évita le regard de sa sœur en répondant :

" Tu trouves ? "

" Oui, " dit Marie toujours à voix basse, " on dirait qu'elle s'est dépêchée de dire l'heure pour se renfermer au plus vite comme une personne qui a peur. "

Angélique sourit à sa sœur et dit d'une voix assez calme :

" Il est minuit, il faut aller nous coucher. "

" Non, " dit Marie, " je ne pourrais pas dormir. Lis-moi plutôt quelque chose, " et elle atteignit un livre au hasard sur la petite étagère accrochée au mur tout près d'elle.

" Nous le connaissons par cœur, " dit sa sœur en repoussant le livre. Elle regarda de nouveau vers la porte vitrée.

" Maintenant que l'oncle est mort, nous pourrons prendre les livres qui sont dans sa chambre. Il ne nous a jamais défendu de les lire. "

" C'est vrai, " dit Marie, " mais je n'oserai pas entrer dans sa chambre maintenant. "

Elle baissa la voix pour dire en se rapprochant de sa sœur :

" Tantôt, quand nous sommes revenues du cimetière, il m'a semblé qu'il rentrait dans la maison en même temps que nous. "

Angélique remonta l'abat-jour tout en haut du verre de lampe et, dans le silence qui suivit, les deux sœurs entendirent un bruit qu'elles ne reconnurent pas.

" Qu'est-ce qui a fait ça ? " demanda Angélique sans oser regarder sa sœur.

" Je ne sais pas, " dit Marie, " on dirait que quelqu'un est tombé ici sur le parquet. "

" Il me semble que cela vient de ce côté, " dit Angélique en montrant la fenêtre.

Elles écoutèrent un long moment dans le silence et Marie reprit en assurant sa voix :

" C'est sans doute ma tapisserie qui est tombée de la corbeille à ouvrage, " et comme sa sœur ne répondait pas, elle proposa :

" Si nous y allions voir ? "

Angélique prit la lampe qu'elle éleva très haut, et Marie prit sa sœur par le bras.

Le gros rouleau de tapisserie était toujours sur la corbeille à ouvrage.

Elles entrèrent dans le salon et dans leur chambre, regardèrent autour de chaque meuble, rien n'était dérangé. Elles revinrent dans la salle à manger.

" C'est certainement ici que le bruit s'est produit, " chuchota Angélique.

" Alors c'est dans le placard, " dit Marie.

" Quel placard ? " demanda sa sœur.

" Celui de l'oncle, " répondit Marie toujours à voix basse.

Elles arrivèrent très vite au placard et Marie l'ouvrit vivement, après avoir repoussé près de la fenêtre une chaise chargée de paquets de linge que la blanchisseuse avait apportés dans la journée.

Rien n'était dérangé dans le placard de l'oncle. Sur le devant de la planche du haut, deux chemises blanches étaient couchées l'une sur l'autre ; elles arrondissaient leurs poings empesés comme pour se faire un oreiller, et de chaque côté d'elles venaient s'appuyer les mouchoirs pliés en carré et les chaussettes bien enroulées.

Les vêtements pendaient sous la planche et s'aplatissaient sur des épaules en bois.

Marie les fit glisser sur le triangle pour regarder en-dessous, mais elle ne vit que des chaussures reluisantes et bien alignées.

Elle referma le placard, et comme à ce moment la lampe éclairait vivement la porte vitrée, les deux sœurs virent en même temps l'oncle debout, le chapeau sur la tête, qui les regardait fixement de l'autre côté de la porte.

Marie lâcha le bras de sa sœur et recula d'un pas, mais Angélique ouvrit précipitamment la porte vitrée et tendit brusquement la lampe vers le fantôme. Elle se rassura aussitôt, elle venait de reconnaître que c'était simplement le mannequin qui servait à sa sœur pour faire ses robes et sur lequel on avait mis par mégarde le chapeau et le paletot de l'oncle.

Marie se rapprocha sans dire un mot, elle ôta du mannequin le chapeau et le paletot qu'elle mit sur le lit de l'oncle, dont les matelas restaient découverts, avec seulement les couvertures pliées au pied, et, ainsi que sa sœur, elle vit tout de suite que tout était en ordre sur les meubles et que rien ne traînait par terre. Elles remarquèrent aussi que la fenêtre restait grande ouverte devant les persiennes fermées et que l'air était froid et chargé d'une odeur de buis.

Elles sortirent de la chambre en refermant la porte, et pendant qu'Angélique posait sur la table la lampe qui vacillait dans sa main, Marie s'assit lourdement comme si ses jambes lui faisaient tout à coup défaut.

Le silence continua, puis Marie dit :

" Après tout, ce bruit venait peut-être de chez les voisins ? "

" Peut-être ! " répondit Angélique : elle ajouta en voyant sa sœur prêter l'oreille avec attention :

" C'est comme si quelqu'un était tombé sur les genoux. "

Elle écouta aussi avec attention, puis elle demanda sans regarder sa sœur :

" Est-ce que tu as peur ? "

" Non, " dit Marie, " et toi ? "

" Moi non plus. "

Angélique se leva la première et dit comme tout à l'heure :

" Il faut nous coucher. "

Elles se serrèrent un peu pour passer ensemble dans la porte de leur chambre et Marie donna un tour de clé pendant que sa sœur poussait le verrou.

Elles furent bientôt couchées côte à côte, et quand Angélique eut soufflé la lampe qu'elle avait mise tout près de son lit, les deux sœurs s'aperçurent que la flamme de la veilleuse n'éclairait pas comme à l'ordinaire : elle s'allongeait parfois comme si elle voulait sortir du verre, et les ombres qu'elle renvoyait sur les murs ne ressemblaient pas aux ombres des autres soirs. Cependant Angélique s'efforçait de respirer un peu fort comme si elle dormait tranquillement, et Marie n'osait faire le plus petit mouvement de peur de réveiller sa sœur.

Mais, jusqu'au matin, les yeux des deux sœurs guettèrent le fantôme tombé dans la maison et qui pouvait apparaître d'un moment à l'autre. Quand il fit grand jour, elles se levèrent en même temps.

En entrant dans la salle à manger, la première chose qu'elles virent, ce fut un gros paquet de linge qui était tombé de la chaise sur le parquet et que le double rideau de la fenêtre cachait à moitié.

Alors elles se regardèrent en souriant et s'embrassèrent.

Y A DES LOUPS

Les infirmières l'appelaient grand'mère et lui parlaient comme à une petite fille.

Depuis quinze jours qu'elle était dans la salle, personne n'avait pu la décider à se laisser opérer.

Chaque matin, les internes s'arrêtaient près de son lit.

Il y en avait un qui lui parlait avec beaucoup de douceur : il riait en montrant de belles dents blanches et il disait :

" Voyons, grand'mère, on ne vous fera aucun mal, et ensuite vous serez leste comme une jeune fille. "

Mais elle secouait la tête en baissant le front, puis, d'une voix claire et douce, elle répondait :

" Non, je ne veux pas. "

Aussitôt que les médecins avaient quitté la salle, elle se levait de son lit et s'asseyait près de la fenêtre.

Elle passait toutes ses journées à regarder les gens qui allaient et venaient dans la cour. J'étais sa voisine et j'avais souvent l'occasion de lui rendre quelque petit service. Peu à peu, elle me parla de son mal ; elle disait :

" C'est dans le ventre que je souffre, mais il y a si longtemps que j'ai fini par m'y habituer. "

Alors elle regardait vers la fenêtre en ajoutant :

" Je voudrais bien m'en aller d'ici. "

Ce matin-là, elle était toute joyeuse parce que l'interne lui avait dit qu'on allait la renvoyer de l'hôpital. Tout en rangeant ses petites affaires, elle me raconta qu'elle était depuis peu à Paris. Son mari était mort l'année d'avant et sa fille, qui était établie à Paris, n'avait pas voulu la laisser seule au village ; elle lui avait fait vendre tout son bien, et maintenant elle vivait dans une petite boutique entre sa fille et son gendre.

Dans les premiers temps, elle était contente d'être à Paris ; puis il lui était venu un immense regret de ses champs. Elle pensait sans cesse à ces gens qui habitaient maintenant sa petite maison ; ils avaient acheté aussi les deux vaches et le cheval, il n'y avait que l'âne qu'elle n'avait pas voulu vendre. Sa fille avait beau lui dire qu'à Paris il n'y avait pas d'ânes, elle n'avait pas voulu s'en séparer, et il avait bien fallu l'amener. On l'avait mis chez un marchand de lait qui le soignait, et où elle pouvait le voir chaque jour.

À force de s'ennuyer, voilà qu'elle avait senti davantage son mal ; aussitôt sa fille l'avait amenée à l'hôpital. Le médecin avait dit qu'une opération pourrait la guérir, mais elle aimait mieux garder son mal jusqu'à la fin de sa vie, plutôt que de se faire opérer.

Sa fille venait souvent la voir. C'était une grande femme qui avait le nez pointu et le regard dur. Elle souriait à toutes les malades en traversant la salle, et tout le monde pouvait entendre les paroles d'encouragement qu'elle prodiguait à sa mère.

Ce jour-là, elle s'arrêta longtemps à causer à la surveillante. Grand'mère la regardait d'un air craintif et respectueux. Elle avait perdu son air joyeux du matin, et elle avait l'air d'une petite fille qui s'attend à être grondée.

Maintenant sa fille s'avançait en distribuant des oranges aux malades, et quand elle fut près de sa mère, elle l'accabla de tendresses et de baisers ; elle disait à haute voix :

" Je veux que tu sois raisonnable et que tu te laisses opérer. "

Grand'mère la suppliait tout bas de l'emmener, mais la fille répondait : " Non, non, je veux que tu guérisses. " Elle prenait les malades à témoin, disant que sa mère avait encore de longues années à vivre et qu'elle voulait la voir bien portante.

Grand'mère ne se laissait pas convaincre, elle continuait de dire tout bas : " Emmène-moi, ma fille. "

Alors la fille se mit à dire :

" Eh bien ! voilà : si tu ne veux pas, je vendrai l'âne. "

Et elle était partie au milieu des rires de toute la salle.

Grand'mère en était restée toute égarée, elle regardait ces femmes qui riaient. Enfin elle ouvrit la bouche comme si elle allait appeler au secours, et pendant que les rires redoublaient, elle cacha sa tête sous son drap. Toute la nuit, je l'entendis remuer ; elle ne pleurait pas, mais ses soupirs étaient longs comme des plaintes.

Au matin, quand elle aperçut la surveillante, elle lui cria :

" Je veux bien, Madame ! "

La surveillante la complimenta, puis ce fut le tour des internes, ils venaient l'un après l'autre s'assurer de son consentement : à tous elle disait avec le même mouvement du front : " Oui, je veux bien. "

À l'heure où les malades ont la permission de se distraire, toutes celles qui pouvaient marcher entourèrent le lit de grand'mère.

Chacune parlait de son mal, l'une montrait un pied où il manquait trois doigts ; l'autre expliquait comment on lui avait enlevé un sein ; celle-ci découvrait un ventre partagé par une longue raie rouge, et une petite femme mince et noire raconta qu'elle s'était réveillée avant la fin, et qu'il avait fallu quatre hommes pour la tenir pendant qu'on la recousait.

Grand'mère n'avait pas l'air de les entendre : elle se tenait adossée contre ses oreillers et, de temps en temps, elle levait la main comme pour chasser une mouche. Puis la nuit revint ; les infirmières s'en allèrent après avoir éteint toutes les lumières, il ne resta plus qu'une petite flamme qui éclairait la grande table où s'étalaient des linges et des instruments bizarres.

Vers le milieu de la nuit, la surveillante vint faire sa ronde ; elle marchait sans bruit, et la lanterne qu'elle balançait au-dessus de chaque lit avait l'air d'un gros œil curieux.

Grand'mère se leva quand la lanterne eut disparu ; elle s'approcha de la fenêtre et cogna au carreau avec son doigt recourbé. Elle cognait tout doucement et elle faisait des signes à quelqu'un dans la cour.

Je regardai de ce côté, la cour était toute blanche de neige, et on ne voyait que des arbres noirs et tordus qui allongeaient leurs branches vers nous.

Maintenant grand'mère cognait plus fort : elle se serrait contre les vitres, comme si elle espérait qu'on allait lui ouvrir du dehors. Puis sa voix claire et douce monta comme une plainte qui traîne. Elle dit : " Y a des loups ! "

La gardienne de nuit s'approcha pour la faire taire, mais grand'mère se sauva vers une autre fenêtre. Elle se mit à cogner de toutes ses forces, comme si elle eût demandé asile aux arbres de la cour. Elle répétait d'un ton plaintif et suppliant : " Y a des loups. "

Bientôt toutes les malades furent réveillées et l'une d'elles alla chercher du secours. Deux hommes se saisirent de grand'mère et la couchèrent de force : ils mirent deux larges planches de chaque côté de son lit et la gardienne de nuit s'installa près d'elle ; grand'mère se dressait à tout instant du fond de ses planches, comme si elle essayait de sortir de son cercueil. Pendant longtemps, elle continua de faire des signes d'appel, puis ses bras restèrent immobiles et on n'entendit plus que sa plainte lente et triste, qui disait sans relâche : " Y a des loups ! "

Cela montait comme un cri de frayeur et emplissait toute la salle. Vers le matin, la plainte se fit plus faible, on eût dit que la petite voix claire s'était usée. Elle traîna longtemps comme une plainte d'enfant, et quand le jour parut, elle se cassa en disant encore : " Y a des loups ! "

NOUVEAU LOGIS

L'ancien était mon bien : j'en connaissais les plus petits recoins ; pas un bruit qui ne me fût familier. Je savais à quel moment mes meubles craquaient et les ombres qui couraient le soir sur les murs étaient mes amies. Là tout était naturel, ici tout est suspect.

Le vent ricane près de la croisée et secoue la porte comme un voleur. L'ombre de l'étagère semble un monstrueux dragon prêt à se jeter sur moi. La flamme de la bougie, attirée par quelque chose que je ne vois pas, penche toujours du même côté. Le robinet de la cuisine gronde sans cesse comme une personne grincheuse. Mon lit mal assuré crie à tout instant, et quand enfin je commence à sommeiller, une porte de placard s'ouvre brusquement.

PETITE ABEILLE

Ah ! te voilà enfin posée sur le montant de ma fenêtre :

Depuis un long moment tu étais là, dansant dans le soleil levant, le soleil d'automne encore tout frais de la fraîcheur de la nuit.

D'où viens-tu, petite abeille jaune et noire ?

Quel chemin t'a conduite par la grande ville jusqu'à mon sixième étage, et quelle gaîté ou quel désespoir t'a fait danser si longtemps dans l'encadrement de ma fenêtre ouverte ?

Parfois tu t'élançais si fort qu'on eût dit que tu voulais atteindre le ciel, puis ta danse devenait triste et ton vol retombant.

Dis-moi, petite abeille, viens-tu d'un bal de nuit ou reviens-tu de guerre ?

Quand tu t'es posée sur le montant de ma fenêtre, tout ton petit corps tremblait de fatigue. Tes pattes se repliaient sans forces, tes ailes frissonnaient et ta tête ronde remuait et se balançait comme la tête d'une vieille femme dont le cou est devenu faible.

Maintenant tu dors, petite abeille.

Tes fines pattes sont agrippées au bois, mais ton corps est si lourd qu'il penche de côté et tu fais penser à un pauvre homme sans gîte, qui a erré toute la nuit, et qui s'est endormi au matin sur un banc.

Tout à l'heure tu t'envoleras, tu secoueras tes fines ailes qui ressemblent en ce moment à des parcelles d'écailles séchées.

Tu redescendras vers la terre, où tu trouveras encore des fleurs et des ruisseaux.

Mais maintenant, dors dans le rayon du soleil levant, dors tranquille sur la boiserie de ma fenêtre ouverte, car j'ignore d'où tu viens petite abeille. Mais que tu viennes d'un bal de nuit ou que tu reviennes de guerre, dors jusqu'à midi, sous le doux soleil d'octobre.

MON BIEN-AIMÉ

Mon bien-aimé est parti, et la nuit descend sur moi. Elle ne peut entrer en moi, car dans mon cœur brûle une flamme claire que rien ne peut éteindre et qui m'éclaire toute. Dans le crépuscule léger j'erre doucement par les sentiers, espérant toujours voir le bien-aimé dans l'autre sentier.

Parfums doux des roses et des lis. Parfums amers des peupliers et des lierres, vous passez dans mes cheveux et sur ma bouche ; mais ma bouche garde le souvenir des parfums vivants de son baiser.

Mon bien-aimé est parti, et mon âme est pleine de sanglots.

Pleurez sur moi, saules pleureurs.

N'êtes-vous pas ici pour pleurer sur les peines d'amour ?

Vous laissez pendre votre feuillage comme une douce et blonde chevelure ; mais la sienne est plus blonde et plus douce.

Fermez sur moi vos rideaux mystérieux, beaux ifs ; afin que mes soupirs ne troublent pas les amours des fleurs.

Les roses toutes parfumées s'ouvrent en frémissant à l'approche de la nuit, et les liserons frileux s'enroulent dans leurs pétales pour attendre la fraîcheur du matin qui déposera sa blanche rosée au fond de leur corolle blanche.

Douce nuit, tu chantes pour m'endormir.

Mais le sommeil s'en est allé avec le bien-aimé.

Tu chantais aussi quand il était là,

Et silencieux nous l'écoutions.

Nos mains s'enlaçaient : nos fronts se touchaient et tu passais sur nos visages avec des caresses qui faisaient frémir nos âmes, et remplissaient nos cœurs de tendresse.

Nous t'aimions, belle nuit :

Avec tes brises parfumées,

Avec tes arbres balancés.

Avec tes feuilles frissonnantes,

Avec le mystérieux chagrin de tes sources,

Et le chant de tes crapauds qui soufflent dans des flûtes de perles…

Ce soir, mon bien-aimé est parti.

Dans l'ombre, mes yeux cherchent ses yeux :

Mes doigts s'ouvrent pour caresser son front et les douceurs de son cou.

Mon visage se tend pour aspirer son souffle,

Et le doux lien de ses bras manque à ma ceinture.

Douce nuit si bonne à ceux qui souffrent mets un pan de ton voile sur mes yeux, afin que je ne voie plus le sentier par où s'en est allé mon bien-aimé.